诗想者

HIPOEM

生 活 ， 还 有 诗

地平线上的诗流

外国诗的一种读法

娥娥李　著

GUANGXI NORMAL UNIVERSITY PRESS
广西师范大学出版社
·桂林·

地平线上的诗流：外国诗的一种读法
Dipingxian Shang de Shiliu

策 划 人/ 刘 春
责任编辑/ 郭 静
助理编辑/ 吴福顺
责任技编/ 王增元
装帧设计/ 唐秋萍

图书在版编目（CIP）数据

地平线上的诗流 ：外国诗的一种读法 / 娥娥李著. --
桂林 ：广西师范大学出版社，2022.5
ISBN 978-7-5598-4654-9

Ⅰ. ①地… Ⅱ. ①娥… Ⅲ. ①诗歌评论一世界
Ⅳ. ①I106.2

中国版本图书馆 CIP 数据核字（2022）第 012459 号

广西师范大学出版社出版发行
（广西桂林市五里店路 9 号 邮政编码：541004
网址：http://www.bbtpress.com）
出版人：黄轩庄
全国新华书店经销
广西广大印务有限责任公司印刷
（桂林市临桂区秧塘工业园西城大道北侧广西师范大学出版社集团有限公司创意产业园内 邮政编码：541199）
开本：880 mm × 1 240 mm 1/32
印张：8.75 字数：200 千
2022 年 5 月第 1 版 2022 年 5 月第 1 次印刷
定价：76.00 元

目录

Contents

莱内·马利亚·里尔克（Rainer Maria Rilke，1875—1926），奥地利诗人，用德语和法语写作。出生于布拉格，曾生活在慕尼黑和柏林，并旅居意大利、斯堪的纳维亚及法国等。是德语文学中新浪漫主义和象征主义的主要代表。诗歌中往往传递出凝重的气息和神秘的色彩。著作丰富，包括诗歌、小说、书简。主要作品有《杜伊诺哀歌》《致奥尔弗斯的十四行诗》《给青年诗人的信》等。

豹
——在巴黎植物园

[奥] 里尔克
冯至　译

它的目光被那走不完的铁栏
缠得这般疲倦，什么也不能收留。
它好像只有千条的铁栏杆，
千条的铁栏后便没有宇宙。

强韧的脚步迈着柔软的步容，
步容在这极小的圈中旋转，
仿佛力之舞围绕着一个中心，
在中心一个伟大的意志昏眩。

只有时眼帘无声地撩起——
于是有一幅图像浸入，
通过四肢紧张的静寂——
在心中化为乌有。

1903 年

多次读到里尔克《豹——在巴黎植物园》这首诗，我并没有因为次数递增而缓释了初次见到的感受：某些不可思议的寂寥缠绕在我的脑海，我感到皮肉阵阵紧张，呼吸愈发急促。似乎我以豹的身份进入了一个长长的时光隧道，走不完的前路；不消出生，无须死亡；时间静止不动，生命没有脉象；只有“疲倦”和“千条的铁栏杆”，“千条的铁栏后便没有宇宙”。

之后，交替出现在同一物体上的一组用以对比的形象跃然眼前——“强韧的脚步”与“柔软的步容”，一个实体与一个附体，一种外象与一种具在。几无泛滥情绪的语词，屏息专注，在逐渐缩小的空间“仿佛力之舞围绕着一个中心，/在中心一个伟大的意志昏眩”。事件没有回旋，将如此循环下去。

继而不免发问，这是怎样的昏眩？那伟大的意志又是什么？

在坚固的事态面前，内心的意志难道除却屈从就没有别的路径吗？或许这就是里尔克擅长表述的弥散在空气中的无能放弃又必须释然的精神枷锁——心在呼喊自由、自由、自由，随之而来的却是空洞的低语——被禁锢之后无声的寂寥、无声的寂寥后世界不曾回想……

接着是两组类似于递进的对照：“眼帘无声地撩起”与“四肢紧张的静寂”；“于是有一幅图像浸入”与“在心中化为乌有”。我不会定义漠然是人们反抗的至高形式，但肯定它足够抽象。“只有时眼帘无声地撩起”来回以深深塌陷于时光之流的一个个过去、现在和未来的疑问。整首诗不断累积和集中力量，又引而不发产生热感，疑问里满是“紧张的静寂”。我眼神缓慢地撩起，世界冲击而来，极速现出一番景象。铁栏外平庸、杀戮，许是一无是处，莫如让悸动的念想“在心中化为乌有”。

好的诗歌会使人产生震颤灵魂的高峰体验，这是一种难以言喻的感受：它通常会到达山峰的一定高度（人对于诗的认识不太可能全面、透彻，诗的整体不会被完全观摩），虽无法像性爱的高潮抵达顶峰、雷霆万钧——自然就避免了与之相随的倾泻而下和怠惰之感，却能够仰望峰顶，甚至触手可及。

也许暗自神伤，兴许展吾骥足。尤其是作为诗人的我，朝向令人叹为观止的诗的奥林匹斯，对着难以望其项背的诗的珠穆朗玛。但我不会呼喊出来，我将用文字和记忆深深地保留所有独特、微妙而持续的感悟和印象，直至被新的诗情覆盖或替代，仿佛我再一次成为豹，即便囚禁在巴黎植物园。我没写“被”或“被他人”囚禁，因为某种意义上，存在乃多重选择和各种可能性交互的结果（这首诗名若引申到人实属一道深意潜藏的题）。囚禁有时纯粹是自我囚禁。

秋日

[奥] 里尔克

冯至 译

主啊，是时候了。夏日曾经很盛大。
把你的阴影落在日晷上，
让秋风刮过田野。

让最后的果实长得丰满，
再给它们两天南方的气候，
迫使它们成熟，
把最后的甘甜酿入浓酒。

谁这时没有房屋，就不必建筑，
谁这时孤独，就永远孤独，
就醒着，读着，写着长信，
在林荫道上来回
不安地游荡，当着落叶纷飞。

1902，巴黎

此刻孤独的人，将永远孤独。我每阅读里尔克的作品总是爱不释手，《秋日》也是其中会反复阅读的诗。其实写诗评时，所有关乎宗教和神力的诗，都会使我有些无所适从。换言之，我特别害怕去解析与信仰密切关联的事。因为真的不知如何着手用文字去处理这种隐秘的心灵之事，即若我对诗的意味有着颇为明晰的领会和认知。

长久以来，我一直认为，人对宇宙万物的敬仰，有很大一部分来自茫然无知，而无知无畏中充满了原始灵性。当我说明了我的忧虑，想必友人就会明白我是怎样地惶恐，下笔变成了多么艰难的事。唯一可喜的是，我将仅有的一点点蛮力和性灵用以阐释枢机。

“主啊，是时候了。夏日曾经很盛大。/ 把你的阴影落在日晷上，/ 让秋风刮过田野。”这字字句句，饱含了神力的赐予，就让它们成为我们生命中最美好的图景——见证秋日在将息不息的微妙季候中硕果累累。

谁这时没有房屋，就不必建筑，
谁这时孤独，就永远孤独，

看到此处，我想起“此刻即永恒”的人生论断。所谓心安处，心即在。“这时没有房屋”，绝非指物质上的建筑，而是心灵的归处。窃以为，人之信仰虽受外在环境的影响，却根源于各种冥冥幽幽。这一切之所以如此，归宗于每一个当下心灵对大自然中神灵的信奉。譬如我信仰万物有灵：深切明了石头有石头的灵魂，小草有小草的思维。

假若心灵无所依凭，也不必哀伤；人生徘徊虽然如落叶般摇荡，某种意义上，此乃自然包容的“是”与“非”的景况。

罗伯特·瓦尔泽（Robert Walser，1878—1956），瑞士作家，20世纪德语文学的大师。出生于瑞士小城比尔。在世时读者稀少、不为人知，如今同卡夫卡、乔伊斯、穆齐尔等齐名。自1892年起，在琐碎工作之余进行文学创作，1898年开始发表诗歌。1905年去柏林专事写作。瓦尔泽的诗歌被认为具有一种“类似东方王摩诘的高远和陶渊明的超凡脱俗般的美学意境，同时又置人于西方现代主义文学的审美情趣之中”的隽永风格。主要作品有诗集《诗选》，中长篇小说《唐纳兄妹》《助手》《雅考伯·冯·贡腾》《散步》，以及散文集《巨大的小世界》等。

在办公室

[瑞士] 瓦尔泽
江鑫鑫　译

月亮与我们一样。
他看来像个可怜的店员
在我老板严厉的目光下
憔悴。
我尴尬地挠着脖子。
从来没在生活中
经历过持久的阳光。
我的缺点就在技能；
继续挠着脖子
在老板眼前。

月亮是夜晚的伤口。
每颗星星都像血滴。
虽然与幸运之花无缘，

我却因它而谦卑。

月亮是夜晚的伤口。

瓦尔泽作为“漂浮在邪恶世纪中的一个轻灵而天赋异禀的灵魂”（罗伯特·穆齐尔语），作品没有宏大叙事，更多的是为小人物命运哀伤叹息。与许多诗人不同，瓦尔泽曾多次表示希望自己的一生默默无闻，那些寄托了他整个人生情怀的作品也最好被遗忘。

的确，瓦尔泽生前因为作品“过于超前”而少有声名，逝世后才逐渐被世人所知，推崇者包括同时代的黑塞、茨威格、卡夫卡，以及后世的库切、桑塔格等。从江鑫鑫的译序《划过静夜的暗星》中可以清晰获知，他的生活充满着哀戚。譬如，工作数度变换皆不如意、爱情不是无疾而终就是无始无终、得遗传性抑郁症……我为其人其事感到伤悲。

文字是一种貌似游戏的拼凑，却可窥见作者内心所思所想。瓦尔泽是个颇为悲观的诗人，这与他的际遇有着莫大关联。《在办公室》是瓦尔泽早期诗作。恰如前文所表述，瓦尔泽惯于书写平常人物和芜杂生活，这首诗所感喟的就是作为办公室小职员的他所经历的生活。整首诗，他用月亮比拟自身，有点自怨自艾：“他看来像个可怜的店员 / 在我老板严厉的目光下 / 憔悴。”

今日想浅说这首诗，不仅仅因为爱极了“月亮是夜晚的伤口”这等朗朗上口又奇巧的句子，还在于我刚刚硕士毕业，正面临各位关怀之人就工作一事的问询。我很幸运，就业之事早有安排，不必挠着脖子尴尬地应对老板。但我的某些同学因工作之事已显出疲惫和无奈，另有些处于就业与非就业之间的游离状态。

尽管“月亮是夜晚的伤口。/每颗星星都像血滴。”我们无可避免要面对轮番上演的夜、变化无常的生活，甚至极个别人终其一生“与幸运之花无缘”。但我们依然谦卑地对生活充满着美好的愿望，日复一日，像冬天接近春天般积极。

费尔南多·佩索阿（Fernando Pessoa，1888—1935），葡萄牙诗人、散文家，葡萄牙后期象征主义的代表人物，被誉为与卡夫卡、乔伊斯、普鲁斯特齐名的现代主义文学先驱。生于里斯本，父亲在他不满6岁时病逝，后随母亲移居南非，1905年回到里斯本。除使用本名，还使用众多异名写作。生前默默无闻，死后大量作品被整理出版。其诗喜用短句，讲究韵律，注重节奏，追求音乐感。主要作品有《费尔南多·佩索阿诗集》《阿尔瓦利·德·坎伯斯诗集》《阿尔贝托·卡埃罗诗集》《里卡多·雷依斯诗集》，以及散文集《不安之书》等。

你不喜欢的每一天不是你的

[葡萄牙] 佩索阿
韦白　译

你不喜欢的每一天不是你的：
你仅仅度过了它。无论你过着什么样的
没有喜悦的生活，你都没有生活。
你无须去爱，或者去饮酒或者微笑。
阳光倒映在水坑里
就足够了，如果它令你愉悦。
幸福的人，把他们的欢乐
放在微小的事物里，永远也不会剥夺
属于每一天的、天然的财富。

“令人惊奇的葡萄牙语诗人费尔南多·佩索阿，此人在幻想创作上超过了博尔赫斯的所有作品。……佩索阿既不疯狂，也不仅仅是位讽刺家；他是惠特曼再生”。这是美国知名文学批评家哈罗德·布鲁姆在《西方正典》中对佩索阿的评价。就像许多生前一直默默无闻过世后才逐渐被世人所知的文学天才一样，佩索阿被葡萄牙及整个西方世界发掘后闪耀出绚烂的光彩。而今，在我国也有许多他诗艺的爱好者和追随者。

“你不喜欢的每一天不是你的”，换言之，只有你喜欢的日子才属于你。否则仅是枉然度过，根本不能称之为真正意义上的生活。那么什么是生活？大体上是指人类或生物在生存及发展过程中进行的各项活动。关乎具体个人，定是和你我的日常息息相关，乃心灵状态的投射。我经常发出疑问：是我自己在生活，还是光阴借由一扇恍惚的窗透析掉了我所有的日常？这是个问题。

“你无须去爱，或者去饮酒或者微笑。”的确，无须沉迷于爱情，无须交际于人群，也不必强颜欢笑于他人；而是需要真切感知流于指尖的时光，哪怕它承载的是最细碎的景况：“阳光倒映在水坑里 / 就足够了，如果它令你愉悦。”

人们喜好不尽相同，能够带给我们快乐的，定是击中了我们心灵的事物。因此，心灵的感知度变得尤其重要。人若有感遇天地万物之美的心，获得喜悦的可能性自然就会变得更大。幸福的人之所以幸福正是因为他们把快乐建立在微渺之中。譬如，他们会用心铭记昨夜晶莹的露珠，从青翠的叶片上滑落时弹跳而起又迅疾而下的近乎永恒的一瞬。

若我们心中狭小，漠视一切，阳光映照就会怨它刺目，月色朦胧只觉得暗黑，那么我们将在每一个相同的无望的日子里了却余生。我们没有生活，只是所谓的日子浑浑噩噩通过时光之河在摆渡你我，一程又一程，无聊且无尽。

不！不会这样。我相信我们中的许多人将尽量抛却固有思维，用不设防的眼光打开心灵之窗，像所有幸福的人一样“永远也不会剥夺 / 属于每一天的、天然的财富”。

我是羊群的牧人……

［葡萄牙］佩索阿
欧凡　译

我是羊群的牧人，
羊群是我的思想
而思想全是知觉。
我思想以我耳我目
以我手我足
以我鼻口。

思考一朵花就是看它闻它
吞食一枚水果就是对它品味。

于是在一个热天，
我因享受过多而悲哀，
我仰卧草间，
闭上发热的眼，

我察觉全身沐于真实，
我悟得这真理我乐无穷。

忘记了在何处看过佩索阿的一段话，大意是说，他没有见过上帝，所以没有理由相信上帝的存在。因而当我看到“我是羊群的牧人”，一度以为他自负满盈，或改宗换教了。但是稍微注意他的措辞就会发现，他的信仰和思想从第 1 至第 3 行语言的逻辑关系中就已交代得一清二楚：我是羊群的牧人——羊群（我的思想）——羊群（全是知觉）。概言之，我是自己思想的主导，受控于自身。继而阐释思想的来源是借由感官系统来感知的：“我思想以我耳我目 / 以我手我足 / 以我鼻口。”

种种体验之后，诗人佩索阿喟叹不已，“我因享受过多而悲哀”。这种“享受”绝非指单纯地闻一朵花的馨香和品味一枚水果的甜蜜，而是指万物万象作为思考的外衣笼罩在诗人思想的穹宇之上，使他心情抑郁。然而诗人并没有真正地感到悲哀，否则他就不会说：“我仰卧草间，/ 闭上发热的眼，/ 我察觉全身沐于真实，/ 我悟得这真理我乐无穷。”这实在是一种洞悉生命本质后由悲而喜的大无畏的精神。

恰如所有幸福的人一样，并非感受不到哀伤。而是生活的真相作为太阳照耀下的暗物质或者斑驳的影像，从不曾消逝，使人们依然看到阳光穿透树叶，把金色洒向我们人生的必由之路。回溯诗人的“我悟得这真理我乐无穷”，这真理就是：我居于思想的庙堂，是自己的主宰和信仰——我是自己的宗教。

除诗歌之外，还想说点其他的话。某年我同妹妹两人欧洲自由行，其间一站就是诗人佩索阿的祖国——葡萄牙。葡萄牙被赞誉为最具有欧洲典型特征的国家。诚然，我不会赞同任何一种绝对的说法，但不得不说，我和妹妹所走过的那些路程，已然深深扎根于彼此记忆的国度。往日已逝，前路未知，我依旧企盼重新踏上里斯本的土地。

话说人生如白云苍狗，心中有碧海蓝天！

彼埃尔·勒韦尔迪（Pierre Reverdy，1889—1960），法国诗人，生于纳博讷，被认为是超现实主义诗歌的先驱之一。1910年定居巴黎。1926年皈依天主教，到索莱斯姆修道院隐居，诗作转向对人生与世界的哲理思考。勒韦尔迪尤为擅长散文诗。其诗具有反理性和神秘性的倾向，“诗行外壳的精致，以及诗艺内涵的飘忽”为其显著特征。著有诗集《散文诗》《椭圆形的天窗》《屋顶的石板》《风的源头》《白色的石头》《废铁》等。

被伤害的空气

[法] 勒韦尔迪

树才　译

天真热，空气战栗着，所有的声音变得震耳欲聋。群狗凶猛地狂吠。从敞开的窗口，女人们的喊叫足以与这粗野的大合唱相匹敌。

要冻住这些话语，寒冷还真有点困难。如果鸟儿沉默，如果女人们沉默，如果狗死干净……有一刻，公园会是安静的，万物沉睡。但很快，可怕的声音又开始了。这是太阳的召唤，每个人都满怀激情地应和。一些哑默的不堪重负的生灵，既不能保护自己，也无法替自己复仇。至高的声音压迫着它们。

烟雾里，屋顶孤零零地耸立，我转动脑袋像转动细绳上的一只铃铛。速度直抵云端，令小溪独自低语。

天空塌下来，人们又关上窗，嘴是闭着的。树叶跌落，鸟儿甚至不敢再啁啾。天真冷。

冬天，是寂静的间歇。

诗人，首先是人。人自当各个不同。诗人中既有明了直白者，又不乏委婉曲折之人。诗，当有诗人所赋予的话语权。与之相关，有些诗就会显得很直白，有些却恰恰相反。勒韦尔迪属于后者。空气，无所不在又稀缺不得，人人需要借助空气才能存活于世。倘若空气被伤害，人恐怕会抑郁、囿于愤懑、难以保持健康。关于此诗，无论是比喻、比拟、象征，或其他种种，莫不在阐释与倾诉这颗被空气所牵连而受伤的心。

假若太过于关切大众生活（可谁又能把握这个明哲保身的度），尤其是冒犯主流意识和上层建筑，定然会尝尽苦果。尽管勒韦尔迪的诗用晦涩的笔调透出凛冽的伤感，含意飘忽不定，极尽神秘之能事。然而不可否认的是，他从未放弃对周遭生活的控诉。《被伤害的空气》出自勒韦尔迪的同名诗集，创作于1915年，是诗人早期诗歌的代表作之一。全诗有五段，我取其中一些句子，谈论下自己的感受。

第一段，擅长超现实主义表达的勒韦尔迪在起首句就有了明显的痕迹——“天真热，空气战栗着”，我的脑海立即浮现出挪威画家爱德华·蒙克的名画《呐喊》。接着，诗人表达了外面的世界很凶险——“群狗凶猛地狂吠”，想来只能蛰居家中。而家中同样不得安宁——“女人们的喊叫足以与这粗野的大合唱相匹敌”。其实这一句，有女权主义觉醒的意味。

第二段，“要冻住这些话语，寒冷还真有点困难。”世界总是在夜里得到安息，才会沉默。但世界的运作并非如此，很快又会陷入嘈杂之中。关注以下这句，就可知晓诗人在忧思什么：“一些哑默的不堪重负的生灵，既不能保护自己，也无法替自己复仇。”因为“至高的声音压迫着它们”。我会在这句话上画条重重的、长长的黑线，犹如黑夜的尾巴。“至高的声音”往往最热衷压迫自由、民主，和人道主义，这是绝大多数社会形态都存在的问题，只是程度不同。

第三段，诗人从旁观者的视角，开始置身于“被伤害的空气”的场景之中。在“屋顶孤零零地耸立”与“我转动脑袋像转动细绳上的一只铃铛”之间，构成了一种好似独孤求败又必然失败的命运。此处，无论是诗人自比烟雾中毅然决然伫立的孤独者的形象，抑或那一只响彻天宇的传递思想与智慧的铃铛，最后结局也仅仅是“令小溪独自低语”。

第四段短短两句话：“天空塌下来，人们又关上窗，嘴是闭着的。树叶跌落，鸟儿甚至不敢再啁啾。天真冷。”这些斩钉截铁的话语，宛如寒冬里的冰凌，抒发自诗人那颗高压下逐渐冷却的心。

好在末尾处勒韦尔迪依然感喟：“冬天，是寂静的间歇。”人生四季，循环往复，万物莫不如此。因此我有理由相信他既擅长“微言大义”，又善作“春秋笔法”。至此，再来回顾全诗。诗文命题是关键。“被伤害的空气”作为诗名，尤其需要关注“被”字。既然用被动词，就会有主动方。我向来以为，任何当下情状无论涉及大众还是个体，纵使过程貌似由一人所为，实则背后隐含着众多因素。鉴于此，我忍不住提出质疑：这个“伤害空气”的人是谁？只是一个人吗？还是一个集体、一个阶级，抑或我们全体？

被伤害了的空气，仿佛是个生态学的命题，似乎人们对大自然缺乏远见、鲜有仁爱，让它青山不再、绿水不复。然而远非如此！所谓“空气”，不仅意指让我们自身和社会良性发展的必需物质，更是精神层面的供给。如若空气被伤害、被污染，可想而知我们将面临何种境遇。至于“被伤害的空气”，人既是加害者，又是遭受者；没有无辜者，也无人可以幸免。

人，是人的敌人。我无意谈论政治和社会问题，只是在解析诗中隐含的意味。如此而已。

奥西普·埃米里耶维奇·曼德尔施塔姆（Osip Emilyevich Mandelstam，1891—1938），俄罗斯文学“白银时代”最杰出的诗人之一，布罗茨基称其为“文明的诗人”。出身于华沙一个皮毛商人的家庭，童年和少年时代主要在圣彼得堡度过。1907 年前往巴黎，先在索邦大学旁听，之后考入海德堡大学继续学习，于此期间接触了法国象征派诗歌，并深受影响。其诗歌讲究格律，注重词语，强调建筑感和文化色彩，带有苦涩的滋味，同时又有着石头般不屈不挠的力量。主要诗集有《石头集》《忧伤集》等。

贝壳

[俄] 曼德尔施塔姆
刘文飞　译

也许，你并不需要我，
夜，自世界的深渊，
像只没有珍珠的贝壳，
我被抛在了你的岸边。

你冷漠地泛起了波浪，
你在固执己见地歌唱；
但你将爱上、你将评判
无用的贝壳所撒的谎。

你与它将并排躺上沙滩，
你将穿上自己的衣裳，
你将把波浪的巨钟
牢牢地系在它的身上；

就像无人居住的心室，
这易碎贝壳的四壁，
你会填满它，用涛声，
用雾，用风，用雨……

曼德尔施塔姆是俄罗斯文学“白银时代”最为卓越的诗人之一。这等褒奖并非我附和他人，而是在看完他的一些作品后，对前人赞誉的心领神会。曼德尔施塔姆既获得过同代知名作家安德烈·别雷的赞誉“诗人中的诗人”，又被后人诺贝尔文学奖获得者布罗茨基称颂为“文明的诗人”。他的诗歌“讲究格律，注重词语，强调建筑感和文化色彩，带有苦涩的滋味，同时又有着石头般不屈不挠的力量”。

根据这首诗的翻译刘文飞的注释可以获知，曼德尔施塔姆第一部诗集《石头集》并没有以“石头”为题的诗；本欲以“贝壳”——此诗题为书名，后来在同为阿克梅诗派的古米廖夫的建议下改为《石头集》。阿克梅诗派是20世纪初产生于俄罗斯的一个现代主义诗歌流派，代表人物有古米廖夫、阿赫马托娃、曼德尔施塔姆等。这一派别的艺术主张以具体代替抽象，赋予诗歌语言明确的含义；追求雕塑式的艺术形象和寓言式的诗歌语言。

昨晚我在某处看到一串海螺项链，不松不紧地铺展在模特的脖子上，十分好看。它好看不知是因为被人为涂上了金色的华彩，还是它原始的形象始终在闪耀。海螺有大小。贝壳也是。我所见过最小的，仅有小拇指指甲盖那般细巧。在海洋中，贝壳只是平常事物。大海用天宇般的胸怀繁育和接纳生命，并且毫不吝惜语词，用泡沫的唇极尽所能地吟咏它们的命运。这就是为何，若我们仔细聆听，在贝壳里既能听到欢歌又满是悲鸣。

波光粼粼下浪涛汹涌，一只贝壳在海洋中沉浮，周旋着与你我人生相同的际遇。曼德尔施塔姆把颇为抽象的“无人居住的心室”，借由已然“没有珍珠的贝壳”这个具象的物体融汇于自身，做了一番怅然的感喟：

也许，你并不需要我，
夜，自世界的深渊，
像只没有珍珠的贝壳，
我被抛在了你的岸边。

夜自世界的深渊而来，我被剥夺，被搁浅，被抛掷在茫茫人海。甫一看到此诗，就感觉这是一首苦楚、孤望、无助的诗。一只已然没有珍珠的空贝壳，对于某种功利性而言，几乎失去了它作为物质的存在价值。但是曼德尔施塔姆从未肯定地表示，他只是犹疑“你并不需要我”；且在这句话前用了一个副词“也许”来修饰，以部分否定这句话；抑或说部分肯定了整首诗——这正是此诗没有完全跌落至苦海的根本原因。

最后，想特别加以说明：人在诗中驻留，没有必要按部就班地理解。通常而言，大多数好诗（尤其像这类诗）对世间万物鲜有谄媚和颂扬，多半使人忧思与怅惘。因此，我想建议诗友：假若诗中有珍果，采撷一二即可，把那忧愁视为流光，恍惚而过。

《贝壳》着实写得好。尤其首节，基本上诗意已表述完毕，且有很大的想象的张力。若非要吹毛求疵，窃以为后面三节略略有些多余，虽然对前文进行了解析，语词也铺就得更为细致，但诗意的空间也随之压缩。我想，这首诗之所以呈现金字塔型叙事形态，根本原因或许在于诗人以具体剥落抽象，弃神秘于清晰的诗观。

沉默

[俄] 曼德尔施塔姆

刘文飞 译

她暂时还没有诞生，
她就是音乐，就是词，
因此她便是所有生物的
一种难以摧毁的联系。

大海的胸膛静静地呼吸，
可白昼却像一个疯子，
浪花那苍白的丁香，
插在深蓝色的花瓶里。

但愿我的双唇能够
获得那始初的哑音，
就像那水晶般的曲调，
生来便具有一种纯净！

爱神啊，请继续做浪花，
词啊，请回到音乐中去，
心啊，你为心而羞愧吧，
它已与生命本原融为一体！

这篇诗评原本用以命名的“沉默不语，箴言四起”几字，是一个月前我写曼德尔施塔姆的另一篇诗评时记下的句子。那时，我还不知道什么时候以及怎样写就这篇文章。就那样，忽然想到沉默与箴言之间的对应关系。直到此刻，依然觉得它是我就《沉默》这首诗想表达的重要内容。抑或说，沉默既是此诗的主旨，又恰合箴言的本质。

关于曼德尔施塔姆其人其诗，我在前一次写他《贝壳》的诗评时赞颂《贝壳》写得着实好，首节基本上已将诗意表述完毕，且有很大的想象的张力。而《沉默》和《贝壳》在诗艺表达的形式上，几乎如出一辙，即呈现金字塔型叙事形态。

关于“金字塔型叙事形态”，想补充点内容。以此诗为例，“金字塔型叙事形态”即第一小节就概括了诗的主旨，而后是渐次分解，较为详细地述说。我是从诗歌蕴意的体量上，即包罗的庞大意义来认知这一概念的，因此就有了“金字塔型”之说。事实上，他人恐怕另有说法。但无论哪一种说法，从我个人而言，希望自己不要给他人错误信息（尽管这是难以避免的）。

第一次看到《沉默》时，就惊讶于诗人遣词造句的能力。同时，强烈地感觉到“音与色”的存在。它们存在的形式，不仅体现在表面词汇上，譬如“就是音乐，就是词”上；而且律动在行文节奏和色彩之中，譬如节奏：“大海的胸膛静静地呼吸”“但愿我的双唇能够 / 获得那始初的哑音”“爱神啊，请继续做浪花”等；又如色彩：“浪花那苍白的丁香，/ 插在深蓝色的花瓶里”或“就像那水晶般的曲调，/ 生来便具有一种纯净”。“色”，除却色彩的直面观感和地域文化性，窃以为至少还包含一层意义，那便是音色。它就像歌声传递出的哀伤和欢喜，由感官进入心灵，是一种由外入内，再由内而外的综合感受。

我素来以为，任何一首好诗，理应是一件成熟的艺术品：既有建筑实体，即那些以字句为形态的符合作者意趣的外观；又富有意蕴，即那些由情感引发的具有相当张力的内涵。关于内涵的张力，可以任由作者之外的其他人根据自己的生命经验共鸣得出独特的意味。

诗题为“沉默”，而起首便是“她”。我会把她理解为“沉默”（当然，你可以有其他的理解）。这首诗我最欣赏的是第一小节，它几乎涵盖了我对一首好诗的全部期待：颇为抽象，具有哲学意趣，还不乏灵动之美。其后三个小节分别是对前文的具体化。它们仿佛潮汐与波涛，日夜交替不断推进，直至意义的节点。从而由抽象的彼岸抵达可以触及的此岸，令更多人了解“沉默”内容与形式的多样性之所在。

“沉默”也如诗人而言，“她暂时还没有诞生”。在我看来，非但暂时不会诞生，且永远也不会诞生。因为沉默一旦成立，她就改名换姓，归入未知的领域。那么真实的生活中，沉默又是如何表现的呢？它只是一种语词在声音上的否定，即“她”

不发声，不会语惊四座，然而不代表“她”没有行动。即便只是由眼神传递信息，“她”将在一系列意识中主导着行为。概言之，她不再是“沉默”。某种意义上，世间万物不会独立存在，都在一环一环的联系之中。想来，曼德尔施塔姆对“沉默”的认知就是如此，否则他不会总结说：“她便是所有生物的 / 一种难以摧毁的联系。”

纵使寂静如夜，人们洞悉不到声响，仿佛世间沉默，然而万物生长。沉默，实乃生命的空白点。它以箴言的形式，连接着无尽的智慧和绵延如山脉的词汇。最后，我将以自己诗中的句子来结束对沉默的一点浅识：“沉默有两副面孔：/ 一副叹息，/ 一副语词的迂回。/……沉默不语，箴言四起。”

艾迪特·索德格朗（Edith Södergran，1892—1923），芬兰瑞典语女诗人，一生贫病，生命止于31岁。诗歌常以诗人自身为出发点，语言极具冲击力。象征主义和表现主义色彩浓郁。一生仅出版了四部诗集——《诗》《九月的诗琴》《玫瑰祭坛》《未来的阴影》。在世时不曾获得读者和文学界的认可，但后世发现其作品的文学价值，因而推崇备至。如今被誉为北欧文学史上最伟大的作家之一，与艾米丽·狄金森和安娜·阿赫玛托娃齐名。

林中湖

［芬兰］索德格朗

李笠　译

独自待在阳光下的
森林淡蓝的湖边。
天上飘着一朵云，
水中漂着一座岛。
熟透的夏日甘甜
从树上珍珠般滴落，
其中小小的一滴
滴入我敞开的心窝。

每个人的价值观都是建立在过往经验之上，索德格朗也不例外，其所思所想均脱胎于彼时真切的生活。所以不难理解为何她如此执着于感喟萧瑟秋景，而非抒写清凉夏季，尤其是甘甜的夏日。譬如《秋天最后的花朵》，“我曾在夏日的摇篮里摇荡”，终局和主旨却定格在“我是秋天最后的花朵”。

当我看到诗中甜蜜的字句，想到《林中湖》虽然对于她而言算是别趣，却依然为此欢欣。人人天命不同，时寿各异。殒命于花季（莫如说花祭）的索德格朗是否走过我所言说的路径自然无法得知，但我从她众多诗文中感觉到了她着实经历过风霜四季。

落笔成文的今日，时值盛夏，四方聒噪喧嚣，其间又光怪陆离，而诸事恼人。所谓人间无妙言，沉疴难顿愈。小民懈怠如我，纵使遮起耳目，依旧不堪重负。因此想清静些，“独自待在阳光下的 / 森林淡蓝的湖边”。我深知，世间若有这浅浅溪流和茵茵绿地，唯有在自然中寻得真谛。

带着重新发现季候之美心境的索德格朗，在林中湖边，仰望一片云，远观一座岛，何其逍遥！只不过，索德格朗终究是索德格朗。“天上飘着一朵云，/ 水中漂着一座岛。”乍一看确实美妙，仿佛身在其间。然而云也好，岛也罢，是飘（漂）着的，实乃无常之所在。再纵观距离，即便有幸通过某些方式抵达“水中”之岛，也是在“云”这一虚无缥缈之中。从而可知，她创造了一个难以触及但又真实存在的地域。所幸的是，诗人不曾剥夺我们（包括她自己）做梦的权利。

我想，人们身在真实与虚无之间，而天空高远，兴许通过文字的巅峰——诗这一路径可抵达。且看索德格朗如何描绘：

熟透的夏日甘甜
从树上珍珠般滴落，

其中小小的一滴
滴入我敞开的心窝。

多么小的愿望呀！小得可怜！但这小小一滴的甘甜在诗人眼中如珍珠般稀贵。她敞开身心，容纳这自然的精灵。珍珠跌落在我的意象里，珍珠是大海的眼泪。自此我们可知，一首好诗，不论长短，不在抒情，恰是背后如春殇、如秋祭、如夏至、如冬临的隐喻——诗是“巨大的谜”。

有时，人生需要幻觉；幻觉中包含众多谜语。《林中湖》作为索德格朗离群索居的隐喻之辞，同时也是对人生寄予厚望的迷思之所，更是心灵的栖息之地。

我必须徒步穿越太阳系

［芬兰］索德格朗

李笠　译

我必须徒步穿越
太阳系，
在找到我红毛衣上第一根线头之前。
我预感到了这一点。
宇宙的某个角落悬挂着我的心，
火从那里迸溅，振动空气，
并向其他狂放的心涌去。

李笠在索德格朗诗全集《我必须徒步穿越太阳系》最后写的《致索德格朗的一封信》，让我很有感触。末尾有一段话："亲爱的艾迪特，如果你的诗，经过我的手，变成了一首上好的汉语诗，那是上帝的恩赐。我的意思是，我在保持你原诗气息气脉气韵的时候，也做了一些小小的但不可低估的发挥。"

这"不可低估的发挥"着实给了我更多更好更全面地认识

索德格朗及其诗歌的机会。然而于我而言，面对诗歌唯有全身心投入才可能寻觅到一丝诗人的气息。至于是否符合“原诗气息气脉气韵”，就不敢想象了。毕竟我写的是诗评，抑或说是关于诗的散文札记，而不是以“信达雅”为宗旨的翻译。

诗是一种以文字的形式承载想象力的不可具象的艺术。它被接纳和理解的关键既在于文本自身，又在于所经验之人，即那个阅读的人。人对所有事物的认知和理解，皆来自自我心灵对事物的投射。因此在我看来，诗之所谓优劣，不仅在于诗人诗艺的高低，也在于读者的文艺素养。由此可以推测，如何成就一首公认的好诗，往往不由个性和特色决定，而是取决于那些人间共性。

《我必须徒步穿越太阳系》，应该不算是共性之好诗。它只涉及相对少数人才能体会和在意的事。诚然，现今的社会号称男女平等。而事实上，世间从未有过真正的平等，更何况“男女平等”。这首诗是一位自称“我不是女人”（索德格朗在《现代女性》中的诗句）的女人所作。作为一个女诗人，我相信自己能够理解索德格朗那种只能意会、难以言传的微妙心迹：起初，我们觉得被男女之别所限（社会的男尊女卑）；其后，感到被性别弱势所限（同性别之间的自我比较）；最后，发现是被自我意识所限（思维与视域）。

人终归生存于天地，拘囿于自身。男女概莫能外！当然这是另话。纵使我喜爱阐释观念，坦率地讲，依然很难清晰表明诗中各种相连与不相连的意群。恰好自古就有言：“诗无达诂。”

我必须徒步穿越
太阳系，
在找到我红毛衣上第一根线头之前，
我预感到了这一点。

人始终乐于从自身出发观照世界。我也如此。我不会让“红毛线上第一根线头”纠缠自己太久，虽然预感到这种鲜艳的色彩对诗歌的作用绝对不止于平添一抹亮色，但依然不觉得有必要厘清它从何处穿越而来又将穿越至何处。

在此之前，考虑到索德格朗的开明思想与现代意识，我已经感到且有理由相信“我必须徒步穿越太阳系”是她作为一个人的义勇之举；并非要突破性别的网罗，站在一个性别的高度俯视异性，而是独立自身、执意迈向“宇宙的某个角落”，“火从那里迸溅，振动空气”，而我“向其他狂放的心涌去”。

索德格朗无论是诗还是思想，从不泛泛而谈；仿佛深秋辽阔高远，落下季节的遗言，归宗于天地间。“我必须徒步穿越太阳系”其中之“我”，不是平常之我，而是非常之我。

阿奇博尔德·麦克利什（Archibald Macleish，1892—1982），美国作家、诗人。出生于伊利诺伊州的葛林考镇，祖上为苏格兰人。曾先后就读于耶鲁大学和哈佛大学，后者对其影响极大，被他本人认为是自身教育的起点。主张诗歌为社会服务，早期风格受到的庞德、艾略特以及法国象征派的影响，后期诗歌语言更为口语化。主要作品有《象牙之塔》《麦克利什的哈姆雷特》《第五幕及其他诗》《疯狂年老的恶人及其他诗》《人类的季节》《新诗及精选集 1917—1976》等。曾三获普利策奖（两次为诗歌，一次为戏剧）。

诗艺

[美] 麦克利什
昨非　译

诗是可感知的，沉默
如圆形的水果；

诗是哑不作声的，
如古旧的勋章之于拇指；

诗是寂静的，如
衣袖磨损的窗台，苔藓遍布——

诗是无语的，
如群鸟飞过。

*

诗是静止的，时间中
如攀升的明月；

离去，如月影
——释放被夜晚纠缠的树枝；

离去，如月影在冬叶之后，
一幕幕记忆回萦——

诗是不动的，时间中
如明月当空。

*

诗等同于
非真实。

以空寂的门廊、一片枫叶，
予所有哀伤的历史。

以倾斜的草地、海上的两盏明灯，
予爱——

诗不应意指，
而该自呈其是。

博尔赫斯有个薄薄的小本，是散文，名叫《诗艺》。我向来把它当作床头小品读。不时翻出来，就像夜里翻身，毫无负担，尽着自己性子、由着自己高兴。看着看着，就睡着了。这种喜爱诗又漫无目的的阅读体验，这本《诗艺》可以做到。

此次浅析的《诗艺》是麦克利什早期的诗作，出自 1926 年出版的诗集《月光下的街道》。由于偶然的机会，看到此诗，忽而想对自己提问：何谓诗艺？人们对于诗艺，有着数不尽的论述。在我心中，诗艺首先来源于创造；其次多半以语言、文字的形态呈现；再则以具象的形式存在却凝结着抽象之美。显然，我的说法不足以表达诗艺的完整性，抑或根本不曾触及本质。

除了前文说的博尔赫斯的《诗艺》，与麦克利什此诗更为相关的是古罗马诗人、批评家贺拉斯所著的《诗艺》。他在这部享誉世界的作品中，提出过一些诗作之必需，譬如提出三原则：一要符合自然创造，切近真实；二要符合观众心理，切合众望；三要符合艺术规则，运用适度。并据此提出一条总原则：适宜，即合乎情理。

想来，麦克利什期望以诗歌之名，为诗立下新的艺术准则。在这首诗中，主要从三个层次上谈及诗：

第一个层次，诗离我们很近，触手可及，是可感知的事物。但诗似乎更愿意选择沉默不语，如高空中飞离的群鸟。“诗是可感知的，沉默 / 如圆形的水果”；“诗是无语的，/ 如群鸟飞过”。

第二个层次，“诗是静止的，时间中 / 如攀升的明月”；“诗是不动的，时间中 / 如明月当空”。如果说第一层次关乎空间和体感，那么这个层次涉及诗的时间。事物一旦静止不动，某种程度上可以理解为它近于永恒。宛如月亮，永照人间。

第三个层次，是我本人觉得最可解析又不能彻底表明的这种语汇和情境。在人的固有思维中，真实与虚伪相对。然而非真实并不与真实完全相对。根据文本意义，麦克利什的“诗等同于/非真实”，部分原因在于诗出自虚构。试问，虚构又从何而来呢？接着诗人表示：诗有哀伤的历史，诗为爱的化身。

如若说前两个层次皆在陈述观点，那么最后这个层次显得尤其意味深长。仿佛诗是个思维主体，有自己的价值体系。综合理解麦克利什所言“诗等同于/非真实”，加之他在诗的末尾笃定地感喟“诗不应意指，/而该自呈其是”，从而使得“诗为虚构”这一概念成为自在、自洽的个体。这真是似是而非。也难怪！任何艺术的精髓，既含有常识又超脱一般见识。

卢齐安·布拉加（Lucian Blaga，1895—1961），罗马尼亚诗人、作家、戏剧家、哲学家。诗作具有深刻的哲理和奇特的意象，探索了人与自然、短暂的生命同永恒的宇宙、渺小的躯体同博大的灵魂之间的关系。在诗歌创作中，不拘泥于韵律，刻意追求神秘的意境和诗歌本身的内在节奏。1948 年被以莫须有的罪名打成“阶级敌人”，从而剥夺了研究、教学和发表任何著作的权利。如今他被誉为将罗马尼亚民族之魂的形象表达与罗马尼亚文化的“风格母体”融为一身的杰出代表。著有诗集《光明诗篇》《先知的脚步》，箴言、随笔集《神殿的基石》，以及哲学著作和长篇小说等多部作品。

结局

[罗马尼亚] 布拉加
高兴　译

兄弟，在你看来，任何书都是种被征服的病。
可刚刚同你说话的人，此刻在地下。
在水中。在风里。
或在更为遥远的地方。

我用这张书页锁上大门，拔出钥匙。
我在某个高处或低地。
吹灭蜡烛，问问自己：
那曾经的奥秘去向何方？

你的耳中还留有只言片语吗？
从以前讲过的血的童话中，
将你的灵魂转向墙壁，
将你的眼泪洒向西方。

在诗的首句——也是全诗中我最喜爱的句子，布拉加用十分果断的语气对自己的同人发出如下感喟："兄弟，在你看来，任何书都是种被征服的病。"从诗的起始，就如闪电旋即划过头顶，使人不得不从以前的生活中惊醒。我们所知，说"任何"就代表着"所有"，而"书"直接对等"被征服的病"。这句诗简而言之：书即病。

不同的人可能会有不同的解析，而我认为它至少有两层含义：首先，从历史宏观的角度看，成王败寇，历史从来都由权力的掌控者书写，任何书籍都逃不过统治者的意志，并在一定范围内不断流转，直至达成某种目的；其次，从个人微观的角度看，有时文字本身会因为读者的个体经验而生发和溢出有别于作者原本想表达内容之外的更广泛的意义，但更多时候还是受控于执笔者的思想。

然而无论哪一种，显然诗人想表达的是：流光之长，人生之短，思维受控——任何事物在特定时空之下，不免显得局促、易逝、短暂。因此才会有一个"可"字转折，意涵陡然直下："可刚刚同你说话的人，此刻在地下。/ 在水中。在风里。/ 或在更为遥远的地方。"

《结局》整首诗具有深重的哲理，其间又不乏好句。人生恍惚，须臾不定，前一秒交会，后一秒消逝。什么是"结局"，抑或说什么是"人生的结局"？且看风沙湮没，黄土吹起，书页被打开，向四方扩散……

四行诗

[罗马尼亚] 布拉加

高兴　译

不容易的还有那歌声。
昼与夜——世上的一切都不容易：
露是通宵歌唱的夜莺
因疲劳而流下的汗。

创作是我们的悲剧的唯一微笑。

——布拉加

在看完一本收录了布拉加几首作品的诗歌合集后，就循着脉络，又买了两本有关他的著作：一本是收录了他多首诗作的《罗马尼亚当代抒情诗选》，一本是他的箴言录《神殿的基石》。“这位集诗人、剧作家、哲学家、散文家和外交家于一身的杰出人物是 20 世纪罗马尼亚诗歌的第一座高峰。”（高兴语）

今天想谈的诗，正如诗名所言，只有四行。然而它却涵盖了月亮和太阳，以及生发在暗夜与明亮下的一切事象。甫一看到“不容易的还有那歌声”，仅从“还有”二字所传达出的连续性（譬如，有这个……有那个……还有……）状态，就可大约知晓这首诗的结构宛如一部倒叙的电影，从故事末尾回溯，倏忽而至事件起因、发展过程，缓缓道来其中原委：“昼与夜——世上的一切都不容易”。再细致分解世事如何不容易：画面继而层层剥离，显出事态的真——“露是通宵歌唱的夜莺 / 因疲劳而流下的汗。”哦，原来是这样！

尽管如此，夜莺也罢，啼唱也好，诗人依然没有道出夜莺整夜啼唱的缘由。那么，此时此刻，在阅读这首诗的每个人都会根据自我人生经验生发出一套独有的人生感悟。大致上，具有深度意象的诗往往会刻意规避对具象事物的呈现，而更注重观念意识的传达。通常情境下，这一类的诗和人碰撞之后，宛如电光石火，人在看到花火的同时会愈加感受到神秘性。

我在阅读了布拉加的诗集与箴言集后发现，他的箴言实录简直是诗歌语言的哲学读本。换言之：他的箴言录，既是哲学，又是凝练的诗。当然这也更加说明他的语言饱具哲思，充满诗性。这一点恰如诗人自己所坚信的：“万物均有意味，宇宙充满了神秘”，而诗歌具有一种使命，那就是“不断地扩大神秘的范围”（高兴语）。

抱持如此观念的布拉加，自然也就可以用创作来还原神秘，写出只可意会却不可名状的《四行诗》。

豪尔赫·路易斯·博尔赫斯（Jorge Luis Borges，1899—1986），阿根廷诗人、小说家、评论家、散文家兼翻译家，西班牙语文学大师和里程碑式的人物，被誉为“作家中的考古学家”“作家们的作家”。出身于布宜诺斯艾利斯一个有英国血统的律师家庭。在日内瓦上中学，于剑桥读大学。诗文涉及面广，以深刻哲理见长。著有诗集《圣马丁札记》《老虎的金黄》，小说集《小径分岔的花园》《阿莱夫》，随笔集《永恒史》《探讨别集》等。

老虎的金黄

[阿根廷] 博尔赫斯
林之木　译

那威猛剽悍的孟加拉虎
从未曾想过眼前的铁栅
竟会是囚禁自己的牢房，
待到日暮黄昏的时候，
我还将无数次地看到它在那里
循着不可更改的路径往来奔忙。
此后还会有别的老虎，
那就是布莱克的火虎；
此后还会有别的金黄，
那就是宙斯幻化的可爱金属，
那就是九夜戒指：
每过九夜就衍生九个、每个再九个，
永远都不会有终结之数。
随着岁月的流转，
其他的绚丽色彩渐渐将我遗忘，

现如今只剩下了
模糊的光亮、错杂的暗影
以及那初始的金黄。
啊，夕阳的彩霞，啊，老虎的毛皮，
啊，神话和史诗的光泽，
啊，还有你的头发那更为迷人的金色，
我这双手多么渴望着去抚摩。

一九七二年，东兰辛

关于博尔赫斯，可以在不同的文学作品中轻易找到无数如雷贯耳的称谓，当中不乏这样的赞誉："作家中的考古学家"；"作家们的作家"；"20世纪拉丁美洲文学潮中的浪头"；"西班牙语、拉丁美洲文学脉络中里程碑式的人物"。

《老虎的金黄》这首诗出自博尔赫斯20世纪70年代出版的同名诗集《老虎的金黄》。这本诗集是博尔赫斯一系列知名著作中更为人所知的作品，被收录在上海译文出版社出版的《博尔赫斯全集》第2辑。在《老虎的金黄》序言中，博尔赫斯自嘲因年届七旬（彼时是1972年），让人们不要对他的诗文抱有期望，在非常坦诚地肯定了某些写作技巧娴熟之外，又表示偶有变化，"比喻随意，行文自由或者打破了十四行诗的约束"，但大多只是老调重弹。

众所周知，博尔赫斯诗文涉及的内容非常之多，意义深刻，哲思绵长，因而许多作品都具有不可言传的神妙之处。我因循一贯的想法，认同里尔克所言，“诗并不像大家所想象，徒是情感（这是我们很早就有了的），而是经验”。鉴于此，对于诗歌解析方面，我所愿意尝试且真实在实践的，完全是出于对文字的爱，再借助点个人历练。至于理解得对与否，已被我放置在一个较为次要的地方。

写诗评最怕的就是为了写出点名堂而投掷辞藻以填补空虚，实则连篇累牍却写不出个所以然。为了规避这一问题，我还是从诗开始吧。在这首表面不分节的诗中，可以粗略地以句号为节，分出四个逐步推进的层级。即便不期望可以清晰得知诗的含意，但至少在第一节中，我强烈地感受到了里尔克《豹》中的图景。“它的目光被那走不完的铁栏 / 缠得这般疲倦，什么也不能收留。/ 它好像只有千条的铁栏杆，/ 千条的铁栏后便没有宇宙。”“只有时眼帘无声地撩起——/ 于是有一幅图像浸入，/ 通过四肢紧张的静寂——/ 在心中化为乌有。”（冯至译）

里尔克的豹更多的是在无声中吞没悲伤、消解自我，让世间一切化为乌有，其间有一种庄严又静穆的古希腊悲剧之美；反之，博尔赫斯对老虎虽然同样不乏“移情”的倾向，但他好似站在较远的地方，以一种旁观者的视角而非前者与豹共呼吸的状态，来言说这种徒然挣扎的生命迹象，且在语言的表达上更接近于现代主义。

我仅是在勉力分出一点区别，绝无意评论上下、褒贬是非。他们二人在我心中有着山峰般高耸又稳固的形象。实际上，博尔赫斯同样写过豹的诗：“在那无比坚固的铁栅后面，/ 豹子将一遍遍地往来逡巡，/ 这被囚禁的不幸黑色珍宝 / 并不知道那就是自己的命运。”（《黑豹》，林之木译）博尔赫斯的豹与虎，有着较为相似的命运，这里不展开叙述。且往下看：

此后还会有别的老虎，
那就是布莱克的火虎；

第二节提及威廉·布莱克，英国文学史上重要的浪漫主义诗人。在博尔赫斯看来，一个真正的诗人，其生命的每一个瞬间、每一件事情都应该富有诗意，因为其本质就是如此。他认为至今（博尔赫斯作此诗时）还没有一个人达到这样的境界，但罗伯特·勃朗宁和威廉·布莱克“比别的任何人都更接近于做到了这一点”。这是一种无上赞誉。诗中“火虎”就来自布莱克的名作《老虎》——“老虎！老虎！火一样辉煌”（卞之琳译）。然而，终究此虎非彼虎。布莱克的火虎对外抗争，扑向哪里，哪里就燎原一片，反映的多是社会问题；博尔赫斯的老虎向内求索，几乎只关注诗人这一个体。这节后面的“九夜戒指”，是博尔赫斯惯常使用的史诗和神话题材，我相信它是一个可以无限讲述的故事。因我知识有限，不敢妄加评论。但诗的原注还是提供了一点信息：关于九夜戒指，有兴趣的读者可以参阅《小埃达》的第 49 章。

第三节表达得较为浅显，但情绪直转急下：“随着岁月的流转，/ 其他的绚丽色彩渐渐将我遗忘，/ 现如今只剩下了 / 模糊的光亮、错杂的暗影 / 以及那初始的金黄。”这些感喟与他的失明有着较大的关联。博尔赫斯在《失明的人》中就写道：“我在幽暗中用手摸索／我不可见的容貌。一个闪念。／我隐隐约约看到了你的头发：／灰白的、甚至仍带金黄色的头发。”（王永年译）这两首诗中，“你”实则统统指向“我”，你我不分彼此、互相映照。

什么是“老虎的金黄”？这是我甫一接触此诗就在思考的问题。关于老虎，除了《老虎的金黄》，博尔赫斯还写有《梦中的老虎》《另一种老虎》等，如同“梦”“镜子”“分岔的时间”等一样，是他喜爱使用的物态和意象。读完前后四节，大抵可做这样的猜想：“老虎”暗指博尔赫斯本人；而“金黄”似乎是诗人失明后时常看到或想象看到的颜色，某种意义上，它代表了交织着梦想的不可往复的过去。博尔赫斯，一个囿于自身牢笼的宿命论者，他的老虎“循着不可更改的路径往来奔忙”，加之日暮黄昏，金黄来得格外瑾璨又格外落寞。

且看末尾一节。当然，假若你着眼于“可爱金属”般永无止休的九夜戒指，以及“啊，还有你的头发那更为迷人的金色，／我这双手多么渴望着去抚摩”这些字句，你就可以在这首诗中感到少许无奈却又领略到欢愉还保有希冀——一种高尚的趋于中性的抒情。亲爱的诗友，纵使我们无法以相同或相近的意识领悟这首诗，然而人生各有异趣，我仍然会发自内心为你高兴，你是一个强大的懂得自我认知的独立体。

雨

[阿根廷] 博尔赫斯

陈东飚　译

突然间黄昏变得明亮
因为此刻正有细雨在落下
或曾经落下。下雨
无疑是在过去发生的一件事

谁听见雨落下　谁就回想起
那个时候　幸福的命运向他呈现了
一朵叫玫瑰的花
和它奇妙的　鲜红的色彩。

这蒙住了窗玻璃的细雨
必将在被遗弃的郊外
在某个不复存在的庭院里洗亮

架上的黑葡萄。潮湿的暮色

带给我一个声音　我渴望的声音
我的父亲回来了　他没有死去。

博尔赫斯不仅擅长译著，更是在诗歌、散文、小说间自由穿梭，诗文涉及面广，以深刻哲理见长，且各项均取得举世瞩目的成就。恰如美国作家苏珊·桑塔格所言："如果有哪一位同时代人在文学上称得起不朽，那个人必定是博尔赫斯。"

博尔赫斯的诗不易明了。若想读懂，必定要先了解他对时间的认知和对虚构的喜好，以及在此基础之上产生的各种可能性。对于以上三者的理解，他的小说《小径分岔的花园》有这样的表述：时间具有一个个节点，在每一个节点上皆可发出另外的行为，且会织一张互相接近、相交或长期不相干的网。简而言之：时间的分岔虚构了一座迷宫。

博尔赫斯的诗正是张弛在由不同时间不同选择交织造就的各种可能性中，继而集结、构成、衍化、生发出独具个人特色的介于现实的可能性和真实的虚构之间的诗意范畴。在如此曲折的解析中，让我们直接用《雨》中诗句来阐释吧！

诗人情绪"突然"而起，"黄昏"因为"细雨"而"明亮"。无论"玫瑰花"象征的是爱情、亲情抑或绚烂的过往，总之，那些具有微妙的感性色彩的事物并非长久之物。纵使它们存在于此刻，那所谓"幸福的命运"也只不过是"过去发生的一件事"。

此刻诗人独自在庭院的某处臆想细雨带来的情感上的显

豁——“洗亮//架上的黑葡萄。”（黑葡萄有指眼睛的意思吗？）。但“被遗弃”和“不复存在”在空间上进一步压缩了事物存在的真实性。“这蒙住了窗玻璃的”可是暗指诗人的眼疾？而“细雨”用以对照淡淡泛出的泪滴。博尔赫斯思念早逝的父亲，在并不明朗的湿漉漉的昏沉暮色中，他与同样失明只能依靠听觉来感知事物的父亲，借助雨这个媒介联通了彼此："我的父亲回来了”。

《雨》整首诗宛若一座迷宫，由各种不确定性杂糅而成，在并无正解也无须正解的情境下显得内蕴丰厚而多元。我也一贯倡导诗歌须有空白点。让博尔赫斯继续为博尔赫斯虚构时间分岔的庭院，让我们为自己的人生织一张诗的网。

路易斯·塞尔努达（Luis Cernuda，1902—1963），西班牙诗人、文学批评家，出生于塞维利亚。他是“1927 年一代”的代表人物之一。1938 年因西班牙内战开始流亡，此后 25 年间辗转于英美，其间在一些大学里执教，后移居墨西哥，终其一生未再回到祖国西班牙。塞尔努达的诗不仅受到法国超现实主义的影响，还融合了荷尔德林的德国浪漫主义以及 19 世纪英国诗歌的特征，使其成为 20 世纪上半叶西班牙诗坛少见的“欧洲诗人”。著有诗集《一条河，一种爱》《遭禁的欢乐》《遗忘之乡》等。

我来为看

[西] 塞尔努达
汪天艾　译

我来为看脸颊
亲昵如古老金雀花，
我来为看影子
远远地冲我微笑。

我来为看墙壁
不管躺倒还是伫立，
我来为看东西，
这里松懒的东西。

我来为看海洋
沉睡在意大利小筐，
我来为看门廊，
劳作，屋顶，美德
刷着褪色的黄。

我来为看死亡
看它美丽的捕蝶网
我来为等你
空中张开双臂，
我来不知为什么；
有一天睁开眼：我来了。

为此我要绝非固执
向诸多亲昵的东西致意：
朋友是天空的颜色，
日子是变幻的颜色，
自由是我眼睛的颜色。

小孩子穿明亮绸衣，
地下人和墓石一样无趣，
安全感，这小虫
巢居在光的流动。

再见，不可见的甜蜜情人，
抱歉不曾睡在你们的臂怀。
我来只为那些吻；
留好嘴唇万一我还回来。

《我来为看》这首诗相对浅显，没有太多隐含的内容，是一首易于理解的诗，讲述生命不可避免的消亡，以及纵使如此，生命依然充满爱和意义。前几节都是描述那些日常存在或生生不息的事物，“我来为看脸颊／亲昵如古老金雀花”，我来为看“远远地冲我微笑”的影子和“不管躺倒还是伫立”的墙壁，还有“沉睡在意大利小筐”的海洋。

诗人塞尔努达了解消亡实乃生命的本质面貌，他语词背后隐含一条时间的逻辑线，从花般的脸庞、面前的影子，轻轻转向那美得窒息的接近晚霞而逐渐暗淡的“刷着褪色的黄”的事物。他迈着舒缓又略显迟钝的步子，无可避免地走向人生的终点，“我来为看死亡”，无论是他人的，还是自己的。

人生三个哲学问题：我是谁？我从哪里来？我到哪里去？诗人虽没有，或他本人就无此意阐释得很清晰，生命的态势可说又不可说明。此时他仿佛一个孩子在喃喃自语：“我来不知为什么；／有一天睁开眼：我来了。”最后他带着眷眷之情，依依不舍，宛若已在另一个世界，仍回首与企盼着人间的爱情：“我来只为那些吻；／留好嘴唇万一我还回来。”

我相信轮回。也许诗人也是。我们深明言浅意深，笃信因缘际会，知晓命运在一条与日月同行的轨迹上；唯愿岁月之河待我们以柔情，在奔赴那最终的汪洋时，能赐予我们多些山川、星辰、可人儿……

巴勃罗·聂鲁达（Pablo Neruda，1904—1973），智利著名诗人。1923年，即19岁时发表第一部诗集《黄昏》。1924年发表成名作《二十首情诗和一首绝望的歌》，自此登上智利诗坛。聂鲁达的诗歌内容上既继承西班牙民族诗歌的优秀传统，又接受了波德莱尔等法国现代派诗歌的影响；形式上在吸收了智利民族诗歌特点的同时，又从惠特曼的创作中找到了灵感。一生著有数十部诗集，主题大多涉及爱情和政治，被誉为“人民的诗人”。1971年获得诺贝尔文学奖。

二十首情诗和一首绝望的歌（7）

[智利] 聂鲁达

陈黎　张芬龄　译

倚身薄暮，我把忧伤的网
撒向你海洋般的眼睛。

那儿，在最高的篝火上我的孤独
蔓延燃烧，溺水者一般挥动臂膀。

我向你茫然的眼睛发出红色讯号，
你的眼睛涌动如灯塔四周的海水。

我遥远的女人，你只保存黑暗，
你的目光中不时浮现恐惧的海岸。

倚身薄暮，我把忧伤的网
撒向那拍击你汪洋之眼的大海。

夜鸟啄食初现的星群
星光闪烁如爱恋着你的我的灵魂。

黑夜骑着阴暗的马奔驰
把蓝色的花穗撒遍原野。

这是聂鲁达《二十首情诗和一首绝望的歌》的情诗第 7 首。在陈黎、张芬龄翻译的这个版本中，20 首情诗以组诗的形式呈现，一概以阿拉伯数字为序，指代名称。当然，我也在其他译本中看到过文字诗名，通常是以首句代称。

阅读聂鲁达的情诗，会发现其不太涉及具体人、事、细节。他所钟爱的人，仿佛不在尘世：她启于海，悬于月，既深重，又高远。因此我不禁会想，他爱的到底是生活中的人，还是虚幻的形象？当然，诗人经过深思熟虑的写作，该是有一套可以自洽的逻辑。首先他认为理当如此，其后他笔下必然如此。

阅读情诗，如若发挥形象思维，多去臆想，就不难理解。所以每每涉及这一类别，我就不知该如何（更确切地说是否有必要）去阐释。我并非奚落自己，是当真如此。也许是因为我平时爱读哲思类的诗文，大体上情诗于我而言，每一句都极尽明了。如果说出来那意思，反倒没意思了。不过，聂鲁达的情诗非同一般。这不一般不在于与其他诗人的情诗相比是否难解，而是格调高，比喻好，文辞美；最重要，哀愁不断，却伤而不滥。

来看聂鲁达是如何做到的。读者大可想象当时情境，月朗星稀之前，晚霞逐一褪去，陷于爱恋之人惆怅，不知所往，继而感喟："倚身薄暮，我把忧伤的网 / 撒向你海洋般的眼睛。// 那儿，在最高的篝火上我的孤独 / 蔓延燃烧，溺水者一般挥动臂膀。""溺水者"这句实在精妙，写活了一个爱而不得又锲而不舍的人在恋情中失意挣扎的形象。关于这类精巧的比喻及所产生的意象，诗中比比皆是。譬如，"我"的爱恋是"忧伤的网"，"你"的眼睛深邃如"海洋"等。

这首诗虽然很短，却好句连连："夜鸟啄食初现的星群 / 星光闪烁如爱恋着你的我的灵魂。// 黑夜骑着阴暗的马奔驰 / 把蓝色的花穗撒遍原野。"诗读到此处，迎面而来一幅画，不真切、不具体，种种形象仿佛即将交织在一起，却忽暗忽明，若即若离，又惆怅不已。请允许我如是说明：聂鲁达的情诗，爱恋宛如天上人间，不在触手可及处。这使我不由得感慨，生活中不够的，人们总爱用想象来充实。

二十首情诗和一首绝望的歌（14）

[智利] 聂鲁达
陈黎　张芬龄　译

每日你与宇宙的光一同游戏。
微妙的访客，你来到花中、水中。
你不只是这颗每日被我当成一束花
紧捧在手中的白色的头。

没有人能与你相比，从我爱你的那一刻开始。
容我将你伸展于黄色的花环中。
是谁，用烟的字母，把你的名字写在南方的群星当中？
哦，容我记起未存在之前的你。

风突然大叫，捶打我紧闭的窗。
天空是一张大网，挤满了阴影的鱼群。
所有的风在这里先后释放，所有的风。
雨脱掉身上的衣服。

鸟惊慌而逃。
风啊。风啊。
我只能与人类的力量争斗。
风暴卷起黑叶，
捣散所有昨夜仍然停泊在天空的船只。

你在这里。啊，你并不逃开。
你将回答我的呼喊直到最后一声。
依偎在我身旁，仿佛你心里害怕。
然而一道奇怪的阴影一度掠过你的眼睛。

如今，小人儿，如今你也把忍冬带给我，
连你的乳房也散发着它的芳香。
而当悲伤的风四处屠杀蝴蝶，
我爱你，我的快乐咬着你李子般的唇。

适应我不知叫你吃了多少苦头，
我那野蛮、孤寂的灵魂，我那令他们惊逃的名字。
无数次我们看晨星燃烧，亲吻我们的眼睛，
在我们头上霞光展开如旋转的扇子。

我的话语淋在你的身上，敲击着你。
有多么久啊，我爱你珍珠母般光亮的身体。
我甚至相信你拥有整个宇宙。

我要从山上带给你快乐的花朵，带给你钟形花，
黑榛实，以及一篮篮野生的吻。
我要
像春天对待樱桃树般地对待你。

也许是我情诗看得太少，抑或是聂鲁达的情诗本就非同凡响，当眼睛一触及，发现好诗太多，心手与共，简直不忍释卷。这首诗是“二十首情诗”中的第 14 首。因为比较长，正欲节选，可又一想，只要诗好，那就整首都放上吧。《二十首情诗和一首绝望的歌》是聂鲁达在 20 岁时出版的诗集，此时的诗人正值青春时光，对性的渴望和对爱的探究之心澎湃汹涌，诗句中满是性的暗示和明喻与爱的直率和激情。

这首情诗共有 8 节，大致每两节构成一个意群。全诗前后平顺，总体上有些起伏，中途经由陡峭的山峰，蕴意蜿蜒而下。起首第一句便是：“每日你与宇宙的光一同游戏。”你宛如光流，来到花中、水中，是我捧在手心的花束。

谁人不是如此！人在年少时，认为全世界都与他结下怨气、不理解其人；对所知不所知抱持一腔热情；一颗颤动的心漫溢着爱的激流，在寻觅和相处的过程中毫不顾忌结局。炙热的性情加上狂放的诗意，诗人自然就会说：“没有人能与你相比，从我爱你的那一刻开始。”而你的确美好，美好得犹如虚妄之物，不知是谁，“用烟的字母，把你的名字写在南方的群星当中”。

然而瞬息万变，一派平和中倏忽风雨大作、乌云盖天，敲

打紧闭的窗棂，淋湿了心扉。这一节中几乎每一句都精妙绝伦，尤其以下这句："天空是一张大网，挤满了阴影的鱼群。"其后，"鸟惊慌而逃"，可想人会落荒而跑。但是诗中之我不愿被挫败，故此奋起争斗。从这里开始，诗中情绪由高潮趋于平复。

因为我的爱，你成了世界的中心，一切围绕着你。也因为我爱你，"我甚至相信你拥有整个宇宙"。在你的身体里，容纳着我无限的爱和我的整个天地。同时，我也可以因此而探寻和获得梦寐以求的一切。是的！正是因为如此的我和如此的爱，我要像春雨一夜滋养旱苗、春风十里掠过枝头般，让你开花结果。

伊丽莎白·毕肖普（Elizabeth Bishop，1911—1979），狄金森之后最伟大的美国女诗人。生于美国马萨诸塞州，童年生活悲戚，有着奇特而悲伤的成长经历，一生在流浪和漫游中度过。1946年发表诗集《北与南》，一举成名。主要诗集有《寒春》《旅行的问题》《地理学III》等。毕肖普发表的诗作不多，但几乎囊获了美国所有重要的文学艺术奖项，先后获得古根海姆奖、普利策诗歌奖、美国国家图书奖、纽斯塔特国际文学奖以及美国“桂冠诗人”称号。

地图

[美] 毕肖普

包慧怡　译

陆地躺在水中；影影绰绰的绿。
阴影，或许是浅滩，在它的边缘
呈现长长的、遍生海藻的礁岩轮廓
那儿，自绿色中，海藻缠附于纯净的蓝。
陆地向下倾斜，或许是为了高高托起大海，
不动声色地曳着它，环绕自身？
沿着细腻的、棕褐多砂的大陆架
陆地是否从海底使劲拽着海洋？

纽芬兰的影子静静平躺。
拉布拉多呈黄色，在恍惚的爱斯基摩人
给它上油的地方。我们能在玻璃下爱抚
这些迷人的海湾，仿佛期待它们绽放花朵
或是要为看不见的鱼儿提供一座净笼。
海滨小镇的名字奔涌入海，

城市之名越过毗邻的山脉
——这儿，印刷工体会着同样的亢奋
当情感也远远超越它的因由。
这些半岛在拇指和其余手指间掬水
宛如女人摩挲一匹匹光滑的织物。

绘入地图的水域比陆地更安静，
它们把自身波浪的构造借给陆地：
挪威的野兔在惊惧中向南跑去，
纵剖图测量着大海，那儿是陆地所在。
国土可否自行选取色彩，还是听从分派？
——哪种颜色最适合其性格，最适合当地的水域。
地形学不会偏袒；北方和西方一样近。
比历史学家更精微的，是地图绘制者的色彩。

到现今为止，毕肖普是我最为喜爱的女诗人。《地图》又是她所有诗歌中我尤为喜爱的一首。关于她的诗歌风格和写作特征，我将借用此诗译者包慧怡的描述："缤纷、冷凝、节制、澄澈，从高度专注中诞生的美妙的放松，以及博物志视野下对最幽微而深刻的情感事件的聚焦。即使有着最谦卑乃至羞涩的外表，这些诗句仍指向一颗沉静有力的心脏，一支缓慢而苛刻的笔……"

就是这支缓慢而苛刻的笔，精意构筑了一个并不明晰的诗意世界。关于诗歌的此般况味，我以为，诗是“巨大的谜”，乃多种隐喻的集合。它的美好有一大部分来自未知与不可解（虽然我并不知晓也不想知晓它还有什么其他迷人之处）。然而这并非意味着看不懂的就是好诗。恰恰相反，好的诗只是无法完全解读，但能意会又妙在不可言传；甚至你会认为那是心神荡漾后春风又送来怡情，是自己最隐秘恰切的思量。你无法告诉他人你的情志，正好此时有人代你言说，你就顺应着情绪，爱上了这些诗句。譬如毕肖普的《地图》，我感受着“陆地躺在水中”，沉浸于“影影绰绰的绿”，以及那些阴影似的浅滩、礁岩轮廓，尤其是“海藻缠附于纯净的蓝”，仿佛一双幽蓝的眼睛凝视着我们被束缚了的汪洋人生。

毋庸置疑，好的诗歌创作往往超越常识。诗人根据自我价值观念生发出一套极具个人品性的内在逻辑，这些逻辑包括对事物的别样理解：有人因为月光而幻想爱情，有人只感到徒劳，有人会觉得虚静。超越常识，只是针对读者而言，对于诗人，那些看似不符合逻辑和陌生化的字词，实属意象之外的事物产生意料之内的效应。

在这首诗中，“陆地向下倾斜，或许是为了高高托起大海，/ 不动声色地曳着它，环绕自身？/ 沿着细腻的、棕褐多砂的大陆架 / 陆地是否从海底使劲拽着海洋？”我们知晓，陆地作为一个相对固定的物质形态，并不会真的使劲拽着海洋。诗人无非是以拟人化的描绘传达一种生态的意识和虚构的情状，即诗人眼中的地图以及与之相关的事物，在人的认识体系中，在人化的干扰下，自然之物类似傀儡，任由摆布。

纽芬兰与拉布拉多（Newfoundland & Labrador，加拿大的一个省）应该作为一个有生主体，以波涛和海浪、以力的形式呈现原生态，而不是被地图的描绘者刻画成静止于地图一隅的事物——“纽芬兰的影子静静平躺”；至于“爱斯基摩人”，毕肖普下笔深沉，注视着他们在本属于他们却被侵占的土地上迈着恍惚的步调，逐渐被历史所湮没的情境。

就此，我有理由相信：毕肖普貌似在描绘地图，实则在检点生活。陆地和海洋应该自行其是、不被干扰，人不该在人造景观中，“在玻璃下爱抚／这些迷人的海湾”，更不该使得“挪威的野兔在惊惧中向南跑去”。

物质因循季候而上升、而沉潜——自然理应归于自然。往昔经验与教育认知决定着人们的世界观。眼之见为心之灵，作为一个万物有灵的信仰者，我在《地图》这首诗中感悟到了自在自洽对自然的重要性。毕肖普对于人为干扰下的海洋、陆地及与我们同在的其他生物颇为担忧，否则她就不会如是表述：“国土可否自行选取色彩，还是听从分派？／——哪种颜色最适合其性格，最适合当地的水域。”

甫一看到此处，以为诗人故弄玄虚，只是在创作某种陌生化的语境。诗人写诗，字字句句都需要仔细揣摩。好比种下一棵树，字句的组成过程就是枝干的生长过程，其间枝蔓横生。剔除杂芜，显得极为必要。就本诗而言，词与词之间纵使乍看之下没有太多关联，也是毕肖普认为构成完整意义必不可少的因子。仍以上句为例：表明“哪种颜色”时，似乎涉及政治诉求、社会观点等；“最适合”国土的性格特征，大抵是在言说当下国情，以及需要怎样的民众；“当地的水域”更像是风土、民俗等。以上所述，实属我的浅陋之见。那么，毕肖普究竟是如何看待这个问题的呢？她认为：

> 地形学不会偏袒；北方和西方一样近。
> 比历史学家更精微的，是地图绘制者的色彩。

关于地貌研究，地形学无论是本身涉及的领域，还是研究者的主观性，作为一个相对单纯、客观的学科，显得较为中立；相反，历史从来以血书就，成王败寇，历史学家们只不过跟随胜利者的脚步刺青在败落者的脸上。我总是会在诗中看到生态与政治的倾向。事实上，政治也是一种生态。所不同的是，诗中阐释的生态，除了认为是人对自然的破坏（这层含义较多体现在一二节），还表现在它衍生的意义，即政治上对土地的剥夺和占有。

我想就此问题提出自己的疑惑：何谓“地图绘制者”？什么又是他们绘制的“色彩”？

一首好诗，总有诗人自己都把握不住的地方。因此我相信它有数种解读，但我倾向于认为：土地本身不具有意志，无法拥有自主权。谁征服和占领了它，它就归属于谁，被谁描绘。这就是地图的绘制者。至于色彩，从国家长治久安的方面来考量，以统治者的意志为出发点，无论是何种国家主义，皆不乏“梦”的性质，纵使终究不会实现，眼前所见满是五彩斑斓。那么，就不难理解毕肖普所言的“地图绘制者”的精微的“色彩”。

失眠

[美] 毕肖普
包慧怡　译

月亮从妆台镜子中
望出一百万英里
（或许也带着骄傲，望着自己
但她从未，从未露出微笑）
至远远超越睡眠的地方，或者
她大概是个白昼睡眠者。

被宇宙抛弃了，
她会叫宇宙去见鬼，
她会找到一湾水，
或一面镜子，在上面居住。
所以把烦恼裹进蛛网吧
抛入水井深处

进入那个倒转的世界

那里，左边永远是右边，
影子其实是实体，
那里我们整夜醒着，
那里天国清浅就如
此刻海洋深邃，而你爱我。

毕肖普可以被看作诗歌领域的睡眠研究者。

——包慧怡

一直以来，我认为世间最难写的诗，莫过于那些以简明的笔调书写平常景况，却能激荡人心、引发共鸣的诗作。显然，这对任何诗人而言，都绝非易事。在《失眠》这首诗中，我体会到了这种诗意。我先前就被毕肖普的诗作深深吸引，近来又每夜捧读，爱不释手。

《失眠》全诗共有三节。第一节毕肖普以远观的视角，用飘忽不定的语言描绘了一个“白昼睡眠者”，一个爱做白日梦的人。月亮是拟人化的。月亮是她，是我，也是你。似乎在诗人的眼中，借由夜的眼睛（月亮）所看到的事物，远远清晰过白昼。

第二节，从广角摄入，到开始近景描绘。这一小节重在性格的描写。譬如“被宇宙抛弃了，/她会叫宇宙去见鬼”，凸显出她无畏的精神。人只有在夜晚时才思微精深，清醒且广阔地认识宇宙，能够把生活的烦恼抛于脑后，“裹进蛛网”或“抛入水井深处”。与之相反，太阳下我们或许昏昧如常，附庸芸芸众众。

第三节，抛却生理上的不适（诗中并未提及，但真实生活中的确如此），对于精神世界的充盈而言，失眠非但不是一件糟糕的事，而且还能借由月亮的清辉，感知到在阳光的照耀下被刻意遮蔽后并不十分清晰却真实存在的哲理。“那里，左边永远是右边，/影子其实是实体”，由此可知，所谓梦境，就是用以对照真实生活的镜子。

“那里我们整夜醒着，/那里天国清浅就如/此刻海洋深邃，而你爱我。”此处开始出现了“我们”，从日常的认知进入了爱情的领域。“而你爱我”，诗人的笔意陡然直下，“而”字的转折意味着与现实生活的不符，整首诗瞬息之间从沉浸于白日梦的清浅之中到面临着“此刻海洋深邃”的暗流涌动。诚然，这是诗人视野下的现实，却也是失眠带来的对甜蜜生活的期许。人很难逃脱爱情，假若真实生活中无法邂逅爱人，那么就让我际遇镜花水月中你的投影。

诗之外的话。记得有段时间失眠，那是一个与夜约会的年华。我总是期待夜幕低垂，遮住难以言明的心迹。仿佛誓言般，我遵奉着夜的呢喃，以低语回应，直到感觉已倾心而出，直到心满意足，然后幸福地在清晨入眠。日复一日，在月亮的关怀下，我深深知晓日升日落、月盈月亏，把潮汐当作畅想曲，把被撞击的岩石当作另一个自己。最后用幸运之吻告别了那段相会。如今偶尔忆起，依然觉得是财富。

一种艺术

[美] 毕肖普
包慧怡　译

失去的艺术不难掌握；
如此多的事物似乎都
有意消失，因此失去它们并非灾祸。

每天都失去一样东西。接受失去
房门钥匙的慌张，接受蹉跎而逝的光阴。
失去的艺术不难掌握。

于是练习失去得更快，更多：
地方、姓名，以及你计划去旅行的
目的地。失去这些不会带来灾祸。

我丢失了母亲的手表。看！我的三座
爱屋中的最后一座、倒数第二座不见了。
失去的艺术不难掌握。

我失去两座城，可爱的城。还有更大的
我拥有的某些领地、两条河、一片大洲。
我想念它们，但那并非灾祸。

——即使失去你（戏谑的嗓音，我爱的
一种姿势）我不会撒谎。显然
失去的艺术不算太难掌握
即使那看起来（写下来！）像一场灾祸。

《一种艺术》是毕肖普的诗歌。假若“失去”是一种艺术，那么人人都是行家里手。每天我们都在面临失去。几乎就在这几个字组合的同一时刻，我已在刹那间失去了那一刻的时间和那一刻的我。因此毕肖普起首一句说“失去的艺术不难掌握”，就不足为奇了。为何不难掌握呢？然后并列了一个分句：“如此多的事物似乎都 / 有意消失，因此失去它们并非灾祸。”在诗人看来，失去它们不算灾祸，因为这些事物本身“似乎都有意消失”，而“习惯失去”这一行为本身已然变成日常生活。

从理论上分析，至少对于普罗大众而言：绝大部分的艺术都很难掌握。那些能掌握艺术要领的人，通常与个体天赋有关，旁人很难触及或很难得艺术精义。唯独“失去的艺术不难掌握”，当谈论到“失去”这个词时，我脑海中顷刻间跳出它的反义词——“获得”。也就是说，只有获得了我们才能谈论失去。没有获得过的事物，就不存在“失去”一说。而失去，譬如生命的静止，是天地间最本原的定律之一。没有人可以永远获得而不失去，诗中涉及的失去“房门钥匙”，失去“光阴”，失去“地方、姓名，以及你计划去旅行的 / 目的地”等，都是那些曾经拥有、此刻已不复存在的稀罕之物。

毕肖普接着说：“每天都失去一样东西。”随着年岁渐长，记忆开始迷失、涣散，人们会慢慢习惯接受失去记忆和此刻从指尖划过的光阴。于是我们不得不“练习失去得更快”。“失去”的艺术真是令人感伤的艺术。

最后，“丢失了母亲的手表”“可爱的城。还有更大的 / 我拥有的某些领地、两条河、一片大洲”，所有这些偏物质的事项，会激起情感，使人不舍和想念，“但那并非灾祸”。诗人数度写明“失去的艺术不难掌握”且“失去这些不会带来灾祸”，那么，失去什么会带来灾祸呢？表面上看，毕肖普在坦承纵使“失去你”，“我”也不会撒谎说那就是灾祸。实际上，与前面所述的那些事物相比，仔细分析“——即使失去你”那个微妙的转折的语义，“失去你”显然是无法挽回的痛事。品读最后一句，会发现实在精妙。

假设我们仅仅是想象事物，譬如那些“看起来（写下来！）”无关自身和以物质形态呈现的事项，失去的确不太会痛彻心扉；唯有我们真实体验着的此刻的生活和过往经验，其间重要如时间、尊严、健康、爱情等多以精神性状态存在的珍稀之事物，只要依旧生活着，失去它们就意味着巨大的遗憾——因为这些往往有去无回。

据说，毕肖普的爱人在二人陷入情感危机时看到这首诗，就与她重归于好了。关于重归于好，我想补充点信息。《一种艺术》文本下面有这样的译者注："本诗写于毕肖普与爱丽丝·梅斯菲索恋爱关系的危机期，后者当时与一名男子有过短暂的婚约。根据两人共同好友劳埃德·史沃兹的看法，这首诗在一定程度上挽救了两人的关系。史沃兹说：'我想，写作这首诗的过程救了她（毕肖普），她当时已陷入绝望。'梅斯菲索后来取消了婚约，两人相伴直至毕肖普去世。"

巨型蜗牛

[美] 毕肖普
包慧怡　译

雨停了。瀑布整夜都会这样嘶吼。我出来走走，找点吃的。我的身体——也就是说，脚——又湿又冷，粘满尖利的碎砂。它呈白色，像一只餐碟那么大。我给自己定了个目标，某块岩石，但等我到达那里，很可能已是破晓时分。尽管我行动如幽灵，浮空的裙边几乎擦不到地面，我却依然沉重，沉重，沉重。我白色的肌肉已经疲惫。我给人的印象是一种神秘的从容，然而，即使攀上最小的石块和树桩都需要我竭尽全力。我还必须避免被那些粗粝的草尖分神。别碰它们。后退。后退总是最好的。

雨停了。瀑布发出这般轰响！（如果我从上面掉落，会怎么样？）那些黑岩山脉释放出这般蒸汽的云团！从山侧垂下闪亮的彩带。每当这一幕出现，我们有句谚语叫“蜗牛众神匆匆下山”。我永远不可能爬下如此陡峭的断崖，更别说爬上去了，做梦也不会。

那只蟾蜍也太大了，像我一样。他的眼睛乞求我的爱情。我们的比例吓坏了邻居。

休息一分钟；放松。紧贴着地面，我的身体像一片煞白的、正在分解的树叶。那敲击我外壳的是什么？什么都不是。咱们继续。

我的腹足有韵律地波动着，就在路边，从前到后，是船只拖出的尾痕，是蜡白的水，或一块正缓慢融化的浮冰。我很冷，很冷，冷得像冰。我盲目的白色牛头是克里特人的恐怖假面；我的四只无法攻击的犄角已经退化。我的嘴角现在是我的手。它们紧按着土地，狠狠吸吮它。啊，但我知道我的蜗壳是美丽的、高耸的、上了釉般闪亮的。我知道得一清二楚，尽管我没见过它。它蜷曲的白唇是最精致的珐琅。它的内侧光滑如丝，而我，我填满它，臻于完美。

我拖出的宽阔尾迹闪闪发光，现在，天色正变暗。我留下一条可爱的乳白色绸缎：这我知道。

可是，哦！我太大了。我能感觉到。可怜可怜我。

当我抵达——如果我能抵达——那块岩石，我会进入那儿的某条缝隙过夜。下方的瀑布会使我的蜗壳和身体彻夜颤动。在那稳定的脉搏中，我可以休憩。一整晚，我将如一只熟眠的耳朵。

毕肖普的诗，我总是一读再读。翻阅先前写过的诗评，发现此次已是第6篇目。其中，评过“那里天国清浅就如／此刻海洋深邃，而你爱我”——颇为抒情的《失眠》；评过“现在你——你已／永远离开。你不能再次打乱或重新安排／你的诗篇”——悼念一生好友、美国“自白派”代表诗人洛威尔的《北海芬》；评过“地形学不会偏袒；北方和西方一样近。/ 比历史学家更精微的，是地图绘制者的色彩”——《地图》；评过“失去的艺术不难掌握”，失去是生命中司空见惯之景况的《一种艺术》；还评过海上无一物，万里皆空，“星辰是唯一的游乐船”的《歌谣》。再就是这篇《巨型蜗牛》。

《巨型蜗牛》来自散文组诗《雨季；亚热带》，是三首中的最后一首。散文诗大抵不短，而它尤其长。那么这篇诗评就不逐节解析，换之以大意概论。再说我曾经无数次表示：读诗，就像回顾自我人生。谁也无法绝对参透他人刻意构筑的诗意空间。无论诗人是否意识到或承认，自己的诗实为人生往昔经验和与这些经验所共在的潜意识，从而导致的一种关乎自身价值取向的生活。这句话很长，拆分之后可以理解为，诗关乎个人经验，诗出自潜意识，诗是一种有意义的生活。

窃以为：好的诗往往“会当凌绝顶”却不独孤求败，总有勇者上。那么，阅读者完全可以活在自己的生活中，不必追求与他人相同。关于此诗中呈现的光怪陆离又呼之欲出的意象，我想到了本诗译者包慧怡的一句话：“我的谜底是你的谜面，而他的寓意就是你的寓言。”

“雨停了。”想必经过了一场湿漉漉的生活，但终归落在“停”字上。毕肖普起笔显豁，而后细数蜗牛生活之不易。“我出来走走，找点吃的。我的身体——也就是说，脚——又湿又冷，粘满尖利的碎砂。它呈白色，像一只餐碟那么大。”此时，我情不自禁与它或她感同身受，关注当下：生物链环环相扣。

正所谓人为人亡，他为他祭。一物攸关一物，万物皆有联系。

“轻易”二字从来难！“我给人的印象是一种神秘的从容，然而，即使攀上最小的石块和树桩都需要我竭尽全力。我还必须避免被那些粗粝的草尖分神。”在对许多尖利的生存问题一番感发之后，蜗牛得出了海阔天空般的智慧：“别碰它们。后退。后退总是最好的。”

毕肖普用两段较长的文字记述了蜗牛在困境（下雨）与顺境（雨停了）的生活情状之后，接续抒发自身与周围世界格格不入时所展现的窘迫。她先是引出“那只蟾蜍也太大了”，紧接着表示我们一样大，大得出奇、宛如怪物。人，无论是先天形貌、心理状况、家庭背景、教育程度、兴趣爱好等等，皆为不同。既不相同，就会各异，因此难免有些人会有融入社会之窘况。

还好，“那敲击我外壳的是什么？什么都不是。咱们继续”。因此，不难看出蜗牛（莫如说是毕肖普）认为，心中有什么信仰，什么就是堡垒。换句话说，心若坚固，外在一切皆不能将之摧毁。毕肖普进一步有意识地融入蜗牛的角色，由外至内，描摹了蜗牛的遗痕形迹与心理状态：“我的腹足有韵律地波动着”，我的脸是恐怖假面，我的四只犄角已经退化，我的嘴只会狠狠吸吮大地，我冷得像冰。其后是一段精妙绝伦的描绘：“啊，但我知道我的蜗壳是美丽的、高耸的、上了釉般闪亮的。我知道得一清二楚，尽管我没见过它。它蜷曲的白唇是最精致的珐琅。它的内侧光滑如丝，而我，我填满它，臻于完美。”

在蜗牛感喟天色正变暗，而自身留下的遗痕像一条可爱的乳白色绸缎在闪闪发光时，蕴意陡然直下，只听它说：“可是，哦！我太大了。我能感觉到。可怜可怜我。”这般情境，在生活中比比皆是。我仿佛看见一棵皱褶的树遭遇了另一个冬季，可我知晓，日有阴晴、年有四季，人生本就曲折离奇，生命是个反复回旋的过程。无论期盼与否，春将一如往昔绵延万里，兀自来临。

最后一段，或多或少带着不确定的心情，诗人（蜗牛）谈论着若能抵达向往之地，就可以得到很好的休憩——“一整晚，我将如一只熟眠的耳朵”。此句使我倏忽想起毕肖普关乎睡眠的诗，它们几乎是在展现同一种情节：唯有梦境才可带来些许幸福。因此我大胆揣测：所谓“熟眠”，既是对现实生活的逃避，又暗指面对生命消逝的从容，仿佛一个胎儿蜷缩在母体，人生将再次回归初始。当然，这不足为论，只是我的一孔之见。

想象的冰山

[美] 毕肖普
包慧怡　译

我们宁肯要冰山，而不是船，
即使这意味着旅行的终点。
即使它纹丝不动地站立，如云遮雾绕的岩石
而整片海洋是涌动的大理石。
我们宁肯要冰山，而不是船；
我们宁肯拥有这片呼吸着的雪原
尽管船帆在海上片片平展
如未融化的积雪卧在水面。
哦，庄肃的、漂浮的雪原，
你是否意识到，一座冰山正与你
小憩，当它醒来就会吞噬你的白雪？

这片风景，水手愿用双眼交换。
航船被忽略。冰山升起
又再度沉没；它玻璃般的尖顶

修正天空中的椭圆。
这片风景中，任何登台的人
自然会锦心绣口。窗帘轻得
可以在凌空飞旋的雪花
形成的最细的绳上升起。
这些白色巅峰的智慧
与太阳争锋。冰山胆敢把它的重量
加诸一个变幻的舞台，并且站定了，凝望。

这座冰山从内部切割它的晶面。
如同墓中珠宝
它永久地救了自己，并且只装饰
自身，或许还有那些躺在海面
令我们惊讶的落雪。
再会，我们说，再会了，船只驶去
在波浪屈服于彼此的波浪之处
在云朵奔驰于更温暖的天空之处。
冰山适宜于灵魂
（两者都由最不可见的元素自我生成）
可以这样看待它们：脱离了肉身、曼妙、矗立着，难以分割。

毕肖普的诗不喜喧嚣，适合独自揣摩。那种情境，仿佛你居住于一座孤寂的岛屿，以流沙的名义，在岸边用手指一遍一遍写下自己的名字——这不需要更多人懂。毕竟，她是一个以海为生的女人，胸中自有波纹。

《想象的冰山》这首诗虽然只分了三节，但每一节都很长，类似于金字塔叙事结构（每节内结构同样如此）。这绝非表示后面的诗句不重要，而是说诗的主旨在第一节首句基本已展示："我们宁肯要冰山，而不是船"，紧随其后的"即使"和"尽管"既表达了可能的现实情况又增加了对这一选择的决心程度。

某种意义上，航船类似于缠缚诸多欲念的人的肉身，冰山代表若即若离的高蹈的灵魂，旅行的终点好比人生的目的地或最后的结局，而大海中有着许多凶险的事物和漂浮不定的航程。于是，诗人提出疑问："哦，庄肃的、漂浮的雪原，/你是否意识到，一座冰山正与你/小憩，当它醒来就会吞噬你的白雪？"灵魂是潜藏于体内的坚固的事物，它的生发并非一朝一夕可完成。

第二节，继续排布诗句，毕肖普用总结陈词似的语言笃定地表达了自己的观点："这片风景，水手愿用双眼交换。"浮沉的冰山仿佛天空的坐标，是一种不偏离宇宙的自我精神设定。第三节，貌似用物理手段剖析了冰山的结构——"这座冰山从内部切割它的晶面"，实则解析了冰山与灵魂的关系，即"冰山适宜于灵魂"。换言之，在有如航行于汪洋大海的人生旅程中，灵魂是唯一可以自我解救和完善自身的利器。

至此，再回首"我们宁肯要冰山"，就可知晓为何毕肖普选择冰山而非船了。因为在她心中，灵魂宛如一个随时可能消逝的晶体，却总能照见自身；即便在人生汪洋中浮沉，它的质地依然坚硬晶莹，它仍可自洽自持。不过，当回顾诗名——《想象的冰山》，可猜想毕肖普似乎在消隐自身，仿佛坚冰被水融化至无形，一切都有了不在场的证明。人生如何自圆其说，实在是一门玄学。

切斯瓦夫·米沃什（Czesław Miłosz，1911—2004），美籍波兰诗人、作家、翻译家。被约瑟夫·布罗茨基誉为“我们时代最伟大的诗人之一，或许是最伟大的”。其诗不过分追求外在形式和浮于表面的诗意，借助哲学、历史和文化等武器以打破思想的牢笼和现实的禁锢，用偏于散文化的语言直接道出人类本体的终极意义以及生存的价值。著有诗集《白昼之光》《日出日落之处》《无法抵达的土地》等，另有政论集、自传体小说、回忆录、日记和译著等多部作品。1980年，因其作品“以毫不妥协的敏锐洞察力，描述了人类在剧烈冲突世界中的赤裸状态”而获得诺贝尔文学奖。

窗

[波兰] 米沃什
陈敬容　译

黎明时我向窗外瞭望，
见一棵年轻的苹果树沐着曙光。

又一个黎明我望着窗外，
苹果树已经是果实累累。

可能过去了许多岁月，
睡梦里出现过什么，我再也记不起。

试问米沃什的“窗”，是时间之窗、空间之窗、眼界之窗还是梦幻之窗？

我一贯认为，诗是诗人假意的逃离，真意的回归。只要他们愿意表达，就能够清晰阐释。不过，诗人往往偏爱隐晦的言说方式。这首短诗，虽然只有六行三句，却包含了许多人的一生。在这首诗里，米沃什看似写的是一棵苹果树的生长轨迹，实际上是借由它来追忆往日的自己以及回顾生活之种种。

“黎明时我向窗外瞭望，/见一棵年轻的苹果树沐着曙光。”人们年轻时总是朝气蓬勃、心性纯洁，由内而外，所思所感都散发着温和柔美的光华；对世界充满了好奇，尤其是远方的天空；极少认为梦想在此时此地，而是预设在未知的时间和不确定的地点。

其后，人们会因“果实累累”对自我和未来依然怀有憧憬。但白驹过隙，时光荏苒，由此诗人笔意直下，不着痕迹地书写了他的人生：如今只剩发黄的信笺和荒老的此身。啊！荼蘼花事、况味重重，恍惚得连梦境都怕是难以进入。至于我曾梦想过什么，今夕何夕，身何在，知晓了所有又能如何？

“可能过去了许多岁月，/睡梦里出现过什么，我再也记不起。”人生如雾也如梦，人生如梦也如幻。无论是如雾如梦抑或如幻，都是你我所感却无能掌控的事象。这实在是生命中不可承受之轻！上溯前面的问题：“窗”是什么？我并没有标准答案，更无法代替诗人米沃什做出回答，然而深信我们同样感悟到了人世沧桑和怅惘，却永远都在苦苦追念那些回不去的时光。

礼物

[波兰] 米沃什

西川　译

如此幸福的一天。
雾一早就散了，我在花园里干活。
蜂鸟停在忍冬花上。
这世上没有一样东西我想占有。
我知道没有一个人值得我羡慕。
任何我曾遭受的不幸，我都已忘记。
想到故我今我同为一人并不使我难为情。
在我身上没有痛苦。
直起腰来，我望见蓝色的大海和帆影。

“我们时代最伟大的诗人之一，或许是最伟大的”米沃什，一生寿至耄耋之年，同时福慧双全，拥有“圆善”人生。《礼物》是他较为晚期（1971 年，即 60 岁）的诗作。此时的他已不复年轻时激荡的胸怀，那些“东欧经验”，以及到国外寻求政治庇护等人生经历，随着时间的推进逐渐消逝在历史的烟云之中。他已然遁入随遇而安的人生境界。诗中蕴含的意趣和陶潜的田园诗味颇有异曲同工之妙。但米沃什的遣词造句并不含蓄，甚至有些直白。

米沃什打开心智的门，接纳自然的馈赠——清晨的露珠、弥散的雾气、和煦的阳光、青嫩的小草等等，他感到内心充盈富足。即便如此，他说“这世上没有一样东西我想占有”；我不会羡慕任何人，无论他们拥有什么；“任何我曾遭受的不幸”，虽然它们曾经长久地占据过我的心灵，如今“我都已忘记”。

现在，此刻，我已然是全新的自我。眼前的各种风景和路径纡徐、平和、辽阔起来。我站起身，“望见蓝色的大海和帆影”。也许有人会问：一个什么样的人才会步入如此人生？或者说，一个人需要具备什么才能这般安然接受命运的安排？回答这个问题，必须要提及米沃什笃信天主教，再就是与“从心所欲，不逾矩”的思想境界有关。

孔子有“吾十有五而志于学，三十而立，四十而不惑，五十而知天命，六十而耳顺，七十而从心所欲，不逾矩”的说法。人这一生必得向荒蛮行进，深刻而切实地行走，才能走出一条叫作“自己”—“自由”—“自洽”的路。“自己”意指具有抱负和理想的自身（这一过程大致始于青少年时期）；“自由”涉及因信仰而起的生活状态（此处不涉及政治）；“自洽”关乎身心的和谐（往往来自对灵性的崇敬和自然的归依）。这条路以及它递进的过程，有些人至死都不会领悟，有些人随着年岁的增加和历练的老成，有幸抵达。

米沃什在晚期的另一首诗《晚熟》里就写道："要直到接近九十岁，我才逐渐地 / 感到有一扇门在我里面打开，我走进了 / 清晨的澄澈之中。// 我的前生一个接一个地在离开，/ 像船舰，带了它们的悲哀。"（周伟驰译）我相信许多人和我一样，不信仰具体某个宗教。然而长久以来却深信，神性的存在对于人的幸福而言，就像人需要做梦。无论最终是否实现或当时是否出于自己意愿，在最脆弱或最幽暗的时刻都会情不自禁祈求得到上天的眷顾。我真的相信苍穹里潜行着各种神灵，尽管我对其一无所知。

想必这一扇从内心打开的通透之门就是上帝送给诗人米沃什的"礼物"。恰如他所会意的那样：一早就云开雾散，"我在花园里干活"，而"蜂鸟停在忍冬花上"，"我"与上帝的其他安排皆各行其是，这是"如此幸福的一天"。

奥克塔维奥·帕斯（Octavio Paz，1914—1998），墨西哥诗人、散文家，出身于墨西哥城一个中产阶级家庭，5岁开始学习，14岁进入墨西哥大学哲学文学系及法律系学习，1937年参加西班牙反法西斯作家代表大会，1945年开始外交工作，1968年后主要从事文学创作。帕斯不仅以诗歌名世，在散文、文论，乃至翻译等诸多方面皆成绩斐然。1990年，帕斯因“作品充满激情，视野开阔，渗透着感悟的智慧并体现了完美的人道主义”而荣获诺贝尔文学奖。

每日之火

——致胡安·加西亚·蓬塞

[墨]帕斯

赵振江　译

人：

　　宛若空气

在地质学的书页

在行星的桌面上

将自己无形的建筑

　　　　　　　　缔造与拆除。

他的语言不过谷粒般大小，

然而却在空间的手掌上

　　　　　　　　　　燃烧。

音节灼热。

同时又是植物：

　　　　　　　它的根

将寂静折断，

　　　　　　它的枝

营造声音的房间。

　　　　　　　　音节：

彼此连接又互相拆散

　　　　　　　　　进行

似与不似的消遣。

音节：

　　　在前额上成熟，

在嘴巴上吐艳。

　　　　　　它的根

饮着夜色，吃着光线。

　　　　　　　　　　语言，

灼热的树木

雨水的树冠。

闪电的植物，

回声的几何学：

在纸面上赋成诗行

　　　　　　　　犹如白昼

在空间的手掌。

有些诗很美，美到我一时不知如何着笔，不知自己是否有能力去解析其字句，唯恐破坏其规整又“漏洞百出”的诗意。帕斯的《每日之火》即是此一类（这甚至让我想起了贝聿铭的建筑作品)。请允许我坦诚这个令我有些骄傲的事实：我阅读过许多诗，许多大家的诗，恰如我行走过的那些与众不同的路径。但即使如此，待到阅读帕斯的诗集《太阳石》之时，心中依旧荡起了粼粼波纹，想要洞悉其域、一窥究竟。

帕斯，“伟大的拉丁美洲人”，既受熏于祖父的墨西哥土著文化，又得益于母亲的安达卢西亚情怀和天主教信仰。从青少年时代就开始大量阅读法语作品，早期涉猎浪漫主义，后来深受法国超现实主义的影响。不仅以诗歌名世，在散文、文论，乃至翻译等诸多方面皆成绩斐然。“象征是帕斯诗歌创作的主要艺术手段。”(赵振江语)

关于帕斯的超现实主义风格特征和擅用象征的修辞手法，在《每日之火》中可见一斑。《每日之火》是一首外在结构与内在节奏都很有特点的诗，文字排布稍微有些纷乱，但是意义结构严整——首先概述，然后分说，最后回环于总。下面以诗句为例，抒发我对这首诗的喜爱。

第一节，表达人存在的形式、虚无的思想，以及生命的意义等形而上的问题。在人与时间和空间的关系问题上，用了很有哲思的比喻。“地质学的书页”和“行星的桌面上”两处指出时间与空间，也即人得以存在的根本。由此可知，所谓“缔造与拆除”，关乎生死。人生也许会草草了结，但是生命自有特殊意义：“他的语言不过谷粒般大小，/然而却在空间的手掌上/燃烧。”此处的“语言”，不仅仅是一种表达方式，更指涉思想和意识。苍穹浩渺！虽然我们只能居于方寸之间又生于蜉蝣之际，“语言”终究给予我们养分，使得精神、智慧、学识等不断演进、传递，与人类同呼吸共命运。

第二节，表面上看在分说音节，实际上象征或隐喻包含在语言所折射的思想和智慧等精神性事象中。“音节灼热。”音节是构成语言的必要因素。往外延伸，就能够想象语言是意识表达的主要方式，它可以振聋发聩，“将寂静折断”，影响周围的一切。不同的音节，就好比人与人之间（包括人与自身之间），思想的火光因智慧、认知和价值取向的不同而“彼此连接又互相拆散 / 进行 / 似与不似的消遣”。窃以为：纵使如此，人生依然可以固执己见，不因异趣而做妥协之态。

第三节，前半部分的“音节”经过月亮的观照，有了深思熟虑的结果，得以摆脱似是而非的命运，夯实了自我根底。在帕斯的诗中，语言由此生发，成就为“灼热的树木 / 雨水的树冠。/ 闪电的植物，/ 回声的几何学”。就这样——经过了夜，经过了日；经过了炙烤，经过了雨淋；经过闪电，经过你的百转千回——终于，音节步步行进，遂而成为语言，“在纸面上赋成诗行 / 犹如白昼”燃烧。

帕斯这首诗蕴涵许多象征性词汇和陌生化语境，具有寂寥星辰之美。若感到不易理解，倒是可以去除枝蔓，简化诗行。譬如：“语言，/…………/ 犹如白昼 / 在空间的手掌。”又如：“他的语言不过谷粒般大小，/ 然而却在空间的手掌上 / 燃烧。”

人生不可逆转，意义的果实逐渐生成。自“然而”一句转折，人生由此不同。无论这“每日之火”是诗，还是生活别趣，小虽小，却代代薪火相传。

朱迪斯·赖特（Judith Wright，1915—2000），澳大利亚女诗人、环保人士、土著居民土地权益保障斗士。赖特的诗既以真挚的情感抒发对自然和生命的热爱，又凭借深邃的思考和审视的目光体察世间百态和社会炎凉，从而不免忧思与怅惘。其诗歌常常围绕着人与自然环境，二者被认为是赖特诗歌创作的源泉。赖特著作等身，自1946年发表第一本诗集《流动的影像》以来，撰写了诗歌、小说、儿童文学、历史回忆录、杂文等诸多作品。主要诗集有《女人与男人》《两副面孔》《为死亡哭泣》等。1992年，赖特成为第二位获得女王诗歌金奖的澳大利亚人。

琴鸟

［澳］赖特
李文俊　译

翻过这座山的西山腰，
便是琴鸟的家乡。
我若去那里，人们说，大清早
我会见到它们，我会听到它们。

十年了，我一直未去，
我永远也不会去。
我永远也不会见到琴鸟——
那些稀罕的、羞怯的、神话般的、
濒临灭亡的诗人。

我能见到它们，若是我在那儿的
　　露水里隐伏：
起先是一整个乐章
像一滴水珠在坠落，然后是屏声息气，

这时一颗褐色的鸟头，两只褐眼，
一只神奇的鸟会出现，像戴着
象征他的艺术的冠冕，高举一架
极其对称、完美无比的竖琴。
我会听到大师的演奏。

不，我始终没有去。
有些事情应该作为秘密不去触动；
有些事情——真的神话似的珍禽——
应该仅仅存活在心的崇敬里。

我喜爱赖特诗中人与自然关系的呈现。自然永远是人的栖息地，自然中也包括人所希冀的梦想、诗歌、情致生活的种种以及促使它们产生的因子。《琴鸟》也是如此，呈现了人与自然的关系。关于琴鸟，据李文俊译《外国诗选65家》可知它是“澳大利亚的一种鸣禽，鸟尾呈琴状。雄鸟有八对绚丽的尾羽，竖立时似古希腊的七弦竖琴，最外的一对较宽，似是构成‘琴’的两臂。能鸣啭，间或惟妙惟肖地模仿其他生物（甚至机械）的声音”。

人们说在山的那边，于清晨收露之时，“我”会见到琴鸟。可是许多年过去，“我”从未踏足那里，也永远不会踏足，因此永远见不到琴鸟。这是本诗一、二节的大意。如若细致解析，至少呈现三个方面：一、（或是）事实——“翻过这座山的西山腰，/ 便是琴鸟的家乡”；二、人们的观念——“我若去那里，人们说，大清早 / 我会见到它们，我会听到它们”；三、诗人的行为——“十年了，我一直未去，/ 我永远也不会去”。从以上几点，可以知晓诗人赖特心中的琴鸟指向“那些稀罕的、羞怯的、神话般的、/ 濒临灭亡的诗人”。

接续下来，诗人对琴鸟在哪种静谧的状态下才会出现，以及对它的外观之美、鸣啭之妙等都做了精确、恰当的描绘。其间不吝赞誉之词，直言道出：“我会听到大师的演奏。”纵使如此，在末尾处，赖特依然表示她不会前往那西山之腰，不会去触动那隐秘之事，因为她认为“有些事情——真的神话似的珍禽——/ 应该仅仅存活在心的崇敬里”。

赖特的诸多表述使我想到：人理应给自然和自然界的其他生物更多空间，让自然得自在，让琴鸟归西山。

这首诗除了以上关于琴鸟（其意更可扩容为自然界）的感喟，赖特也在谈论诗歌本身。作为诗人，她把琴鸟比作诗。可见她对于琴鸟的喜爱，不仅仅停留在作为一种普通自然生物的喜好。反之，也表达了她本人对于诗歌的热爱。对此，我深以为：有些事物稀罕、羞怯、宛若神话、濒临灭亡，人想要触摸，却必须停手；人想要拥有，却不能靠近。珍爱有时仅仅是一个转身的距离，须臾间消逝，永不再会。

无名花

[澳] 赖特

李文俊　译

三个白色花瓣浮动在
一片翠绿之上。
直到找见细细的花茎
才相信花瓣确从这里生长。

每一瓣都相隔很远，
每一片都无比纯洁，
然而一朵花就这样组成
当花瓣在中心处连接。

小鸟飞动都会震落花瓣
这种花没有名字，
我要为你构筑一个家
用一个词加另一个词。

你升起在森林黑土地上
翘望等待已经太久。
现在我要编一首白色的歌
锁上，就这样把你挽留。

词语精心选择已经组成，
花儿呀，快进来。
可是不等关上笼门
猎物已无影无踪。

语言是苍白的，一如白石
雕凿好用以修砌坟茔；
可是花儿却在不死的光里绽开，
它代表今天，它就是爱。

甫一看到这首诗，我就被它以疏淡和清美的文字营造的意象所吸引——数字和色彩的对比以画卷的形式立现眼前，“三个白色花瓣浮动在／一片翠绿之上”，仿佛此时世界的景况就是高远的天空下一丛一丛绿植上一根一根茎干擎着一片一片白色的花瓣。

“这种花没有名字”，赖特用语词构筑一朵无名花的实体：“我要为你构筑一个家／用一个词加另一个词”。在诗人用语词构筑的花的世界，花瓣仿佛独立的个体，相互颇有距离，也“无比纯洁”，由翠绿的花茎和枝叶托举，组成一朵花的形态。但这种形态并不坚固，小鸟飞动都会使花瓣脱落。我不由得发问：这是何种花卉？假若人介入其间，随手一摘，花儿岂有完颜？

在诗人的视角，由她精心选择的语词构筑的不仅是堡垒（家），同时又是牢笼。“可是不等关上笼门”，花儿作为猎物“已无影无踪”。这也意味着再精当的语言也只不过如白石一般苍白无力。虽然可以修筑消亡之地，却无法阻挡花儿“在不死的光里”自然绽放。至此，我们已经知晓了，诗人认为这无名花，“它代表今天，它就是爱”。

这首诗中有许多对比关系。除了第一节举出数量对比（“三个”和“一片”），最多的是色彩的对比。譬如：“白色花瓣”和“一片翠绿”，再举几例：

你升起在森林黑土地上
翘望等待已经太久。
现在我要编一首白色的歌
锁上，就这样把你挽留。

“森林黑土地上”“一首白色的歌”，黑色和白色的对比。

语言是苍白的，一如白石
雕凿好用以修砌坟茔；
可是花儿却在不死的光里绽开，
它代表今天，它就是爱。

“语言是苍白的”“花儿……绽开”，苍白和彩色的对比。

赖特“诗歌的美学中心常常围绕着人和自然环境，她把后者视为她诗歌创作的催化剂”。在这首诗里，的确可以见到人与自然的交融和自然于人之上的生态理念。世界上最值得珍惜的，唯当下与爱，也就是说，正在度过的此时此刻和真实可感的爱。大自然如此包容人类，我们理应从此刻开始对自然返之以爱。

维斯拉瓦·辛波斯卡（Wisława Szymborska，1923—2012），生于波兰小镇布宁。作为当代最为迷人的诗人之一，享有“诗界莫扎特”的美誉。擅长以幽默、诗意的口吻描述严肃主题和日常事物，以诗歌回答生活。主要作品有诗集《呼唤雪人》《巨大的数目》《桥上的人们》等13部，散文集2部。1996年，其诗因“具有不同寻常和坚韧不拔的纯洁性和力量”而荣获诺贝尔文学奖。2001年成为美国文学艺术学院名誉会员，这是美国授予杰出艺术家的最高荣誉。

种种可能

[波兰] 辛波斯卡
陈黎　张芬龄　译

我偏爱电影。
我偏爱猫。
我偏爱华尔塔河沿岸的橡树。
我偏爱狄更斯胜过陀思妥耶夫斯基。
我偏爱我对人群的喜欢
胜过我对人类的爱。
我偏爱在手边摆放针线，以备不时之需。
我偏爱绿色。
我偏爱不抱持把一切
都归咎于理性的想法。
我偏爱例外。
我偏爱及早离去。
我偏爱和医生聊些别的话题。
我偏爱线条细致的老式插画。
我偏爱写诗的荒谬

胜过不写诗的荒谬。
我偏爱，就爱情而言，可以天天庆祝的
不特定纪念日。
我偏爱不向我做任何
承诺的道德家。
我偏爱狡猾的仁慈胜过过度可信的那种。
我偏爱穿便服的地球。
我偏爱被征服的国家胜过征服者。
我偏爱有些保留。
我偏爱混乱的地狱胜过秩序井然的地狱。
我偏爱格林童话胜过报纸头版。
我偏爱不开花的叶子胜过不长叶子的花。
我偏爱尾巴没被截短的狗。
我偏爱淡色的眼睛，因为我是黑眼珠。
我偏爱书桌的抽屉。
我偏爱许多此处未提及的事物
胜过许多我也没有说到的事物。
我偏爱自由无拘的零
胜过排列在阿拉伯数字后面的零。
我偏爱昆虫的时间胜过星星的时间。
我偏爱敲击木头。
我偏爱不去问还要多久或什么时候。
我偏爱牢记此一可能——
存在的理由不假外求。

有人把辛波斯卡喻作“诗界的莫扎特”。想来，这是因为她对文字的精妙处理。她的许多诗看似繁杂琐碎，却无一处多余，往往通过语词的叠加使得体量丰厚，从而产生质感，飘逸出笃情实状之外的想象空间。

《种种可能》是辛波斯卡最具有代表性的作品之一。什么是“种种可能”呢？我们经常确定无疑地定义一些事象，而实际上“万物皆有缝隙”，世界存在各种可能性。人人有其偏好，恰恰因为如此，不同生命个体才能相互映照、相互吸引，显得弥足珍贵。这些喜好是我们人生经验的具体化，但绝不是全部。

譬如这首诗，每一个“偏爱”各自成章又与其他地方构成补充，加强意味，宛如一座结构密实又留有许多玻璃和通天窗户的建筑，其中谈及文学艺术、动植物、爱（情）、哲学、死亡、诗歌、道德、自然、生态、战争、自由等方面，似乎已然表明了所有的趣味。事实上并非如此。辛波斯卡几无使用形容词或以其他方式来修饰和规定偏好，语词背后潜藏着巨大的问号。假若细化，我们就此可以提出疑问：她喜欢什么品种的猫？家养的还是野生的？什么毛色？什么性别？为什么喜欢的不是更顺从的狗？

再列举几处：她喜欢橡树，但偏爱华尔塔河沿岸的。这使我不由得联想，华尔塔河曾与她的人生有过怎样的交集？难道她曾经与恋人亲密地行走在河沿嬉戏于岸边并憧憬河流远处的未来？她偏爱狄更斯的文字风格是否因为他所在的国家（英国）与波兰相比更为自由和民主？没那么喜欢陀思妥耶夫斯基是否因为沙皇以及苏联对波兰的侵害？她是一个民族主义者吗？相较于人类，人群是个更小更具体的概念，她谈及的是哪个区域、持怎样政治诉求和道德标准的人群呢？

诗中蕴意深远，每句莫不如此。

诗人列举了一系列“偏爱”后，话锋突转：“我偏爱例外。”接着表明：“我偏爱写诗的荒谬 / 胜过不写诗的荒谬。”这是诗中我最喜爱的句子。在我看来，荒谬是常态，写诗是例外。从历史看，人无论如何都将消亡，生活荒谬且无意义。人们行走在虚无的河沿上，随时可能跌入湍急深流。然而，即便明日的太阳不再照耀，此刻作为抒发性灵的和文学艺术的终极指向（之一）的诗，是神灵对我们的恩赐，乃精神世界之光。

“我偏爱牢记此一可能——/ 存在的理由不假外求。”存在是自在体，你我只是承载者，万象皆由心所出。因此当我们面对繁缛沉疴的每一天，请拿起笔，畅意书写你人生的“种种可能”。

隐居

[波兰] 辛波斯卡

陈黎　张芬龄　译

你以为隐士过的是隐居生活，
但他住在漂亮的小桦树林中
一间有花园的小木屋里。
距离高速公路十分钟，
在一条路标明显的小路上。

你无须从远处使用望远镜，
你可以相当近地看到他，听到他，
正耐心地向维里斯卡来的一团游客解释，
为什么他选择粗陋孤寂的生活。

他有一件暗褐色的僧服，
灰色的长须，
玫瑰色的两颊，
以及蓝色的眼睛。

他愉快地在玫瑰树丛前摆姿势
照一张彩色照。

眼前正为他拍照的是芝加哥来的史坦利·科瓦力克。
他答应照片洗出后寄一张过来。
同一时刻，一位从毕哥士来的沉默的老妇人——
除了收账员外没有人会找她——
在访客簿上写着：
赞美上主
让我
今生得见一位真正的隐士。

一些年轻人在树上用刀子刻着：
灵歌75在底下会师。

但巴里怎么了，巴里跑到哪里去了？
巴里正躺在板凳下假装自己是一只狼。

辛波斯卡是我除却特朗斯特罗姆之外，诗评写得最多的一个诗人。原本这次想写她别的诗，可俗话说，计划不如变化快。甫一看到《隐居》，觉得内容非常有趣，转念要写这首的诗评。关于此诗的内容，不注意看的人，会错失里面最精彩的部分。辛波斯卡的诗充满了画面感，她会不遗余力地描绘那些显而易见又无法忽略的细节，在此基础上，相互叠加进一步产生新的意象，以构建更丰富的内涵。无论我看了多少人的诗，坦白讲，她总是能够给我不一样的感受。这也正是我反复阅读她诗集的原因。

《隐居》收录在辛波斯卡于1976年出版的诗集《巨大的数目》。这首诗，如果只想了解其大意，我想并不需要过多解析。全文除了最后两段，几乎没有任何难点，只需要根据生活常识，加以适度想象就会明了，而后置之一笑——毕竟，这是一首充斥着嘲讽的诗。

“你以为隐士过的是隐居生活”这种貌似陈述实则反问的话语，无非在表明“隐士”过的不是隐居生活。全诗六节，前四节重点在描写为何不是隐居，经过层层分解，逐一夯实这种认知。辛波斯卡非常擅长用细致入微的笔调铺陈情节，她的诗有电影的语言。话至此，我眼前再次出现了诗中那些反讽的画面。家是最容易凸显一个人性情特征的地方。通过“隐士”居住的环境，可知这里一切都是小小的，但并不闭塞，似远还近，与外界联通便利。

第二节是对第一节内容的延续，只是从更大范畴说明“隐士”之不隐。从他用“粗陋孤寂”来形容自己的生活，就显示了他颇为荒诞的行为模式。第三节，辛波斯卡借助色彩斑斓的语言，把“隐士”浮华的形象刻画得栩栩如生。想必她认为，外表是内心的投射。

第四节，涉及对宗教的认识和与之相关的价值观念（关于宗教，不作是非之辩，只是就诗论诗）。从“赞美上主／让我／

今生得见一位真正的隐士”大体可以知晓两点：首先，这喧闹的“隐士”了得；其次，那沉默的“老妇人”弱小。至此，节与节之间步步推进，反讽进入了高潮。“一些年轻人在树上用刀子刻着：/灵歌75在底下会师。”第五节，从前文重点讲述的一个貌似“隐居”的老“隐士”，忽而过渡到对宗教不信奉、对当下生活漠不关心的一些年轻人，他们非但不向往天堂，还不惧怕地狱。

最为讽刺的是末尾一节。首先，（我猜）巴里是只狗；其次，巴里现在假装自己是头狼。我们既可以认为它回归野性与自然，又可以认为它受外界影响对自我缺乏足够的认知。由此看来，谁也不是天生的“隐士”。这首诗，让我联想起美国哲学家和自然主义者梭罗和他的精神家园“瓦尔登湖”。唯一不同的是：梭罗内外一致，无论是愿望还是行为皆尽力远离人群，走进阒无一人的山林，伴之以溪水、深潭、晨光、暮霭……

而辛波斯卡诗中的“隐居”和“隐士”实属另一番景况——虽不至于沽名钓誉，却也名不副实。那么谁是真的隐士呢？这个问题很难辨明，又何尝说得清，既然如此，不如大隐隐于市。

未进行的喜马拉雅之旅

[波兰] 辛波斯卡
陈黎　张芬龄　译

啊，这些就是喜马拉雅了。
奔月的群峰。
永远静止的起跑
背对突然裂开的天空。
被刺穿的云漠。
向虚无的一击。
回声——白色的沉默，
寂静。

雪人，我们这儿有星期三，
ABC，面包
还有二乘二等于四，
还有雪融。

玫瑰是红的，紫罗兰是蓝的，

糖是甜的，你也是。

雪人，我们这儿有的
不全然是罪行。
雪人，并非每个字
都是死亡的判决。

我们继承希望——
领受遗忘的天赋。
你将看到我们如何在
废墟生养子女。

雪人，我们有莎士比亚。
雪人，我们演奏提琴。
雪人，在黄昏
我们点起灯。

那高处——既非月，亦非地球，
而且泪水会结冻。
噢雪人，半个月球人，
想想，想想，回来吧！

如是在四面雪崩的墙内
我呼唤雪人，

用力跺脚取暖，
在雪上
永恒的雪上。

《未进行的喜马拉雅之旅》在辛波斯卡的诗中，比较具有代表性。如若懂了这首诗的叙述方式，大致就会明白她的诗歌特征。《未进行的喜马拉雅之旅》这首诗大约可以分为三个部分。

第一部分，也就是首节，描绘了雪人所在之处——那个原始又神奇的地方。“啊，这些就是喜马拉雅了。”我总是情不自禁想要感慨辛波斯卡的诗艺，她写得几近完美。“奔月的群峰”永恒静止，显出别样的宁静；那最高峰顶，因为高耸，刺开了白云，现出“云漠”。喜马拉雅与天空无限接近，苍穹默默无语。这一节太宏大，太虚空，太美了……就在这里，这样的地方，雪人出现。雪人的传说，早在公元前300多年就已出现，雪人指的是一种住在喜马拉雅山一带的全身长毛的大脚野人。住在这一地区的夏尔巴人称这种较为原始的生物为“夜帝”(Yeti)。

第二部分是诗中信息最密集的地方。辛波斯卡从日常琐事、自然生态、社会生活、历史轨迹、文学艺术等诸多方面进行了较为细致全面的讲述。与其说是告知雪人这些事象，莫如说是赤裸裸地呈现现代人的生存境遇。

日常琐事这一节，看似写得有些琐碎，实际上每一句都有所意指，步步夯实意蕴。譬如“星期三”，可以理解为工作或工作日；“ABC”，跟教育有关；“面包/还有二乘二等于四”，关乎饮食和生计；“雪融”涉及季候与变化。辛波斯卡的诗句无论多么细长，节奏感总是特别值得称道。在抒发了繁复的日常生活之后，关于自然与爱（情）就写得简洁、甜蜜又笃定：“玫瑰是红的，紫罗兰是蓝的，/糖是甜的，你也是。”而紧随其后的社会生活那一节，就比较犀利了。且看：“雪人，我们这儿有的/不全然是罪行。/雪人，并非每个字/都是死亡的判决。”这两句貌似以轻描淡写的否定姿态来规避事态的严重性，实际上是肯定地表示我们有许多罪行，需要承受相应的惩罚。

辛波斯卡的讽喻向来高明。历史轨迹一节虽然令人倍觉苦楚，但不得不说写得让人心醉神迷。一方面有历史传承的意味，另一方面又暗暗指向风化的往昔。出于各种缘故，使得“我们继承希望——/领受遗忘的天赋”。我们背靠废墟，活在没有过去的历史，在此繁衍生息。人类就是在这条纵贯线下自我慰藉。

第三部分，第七、八节，辛波斯卡在我们所希冀的自然生态之地呼唤雪人——“噢雪人，半个月球人，/想想，想想，回来吧！”哦，雪人，来救救我脱离“四面雪崩”的薄凉之地。这是冬日，在“永恒的雪上”我们需要取暖，需要想象火把和星光。

诗评之外的话。“想当年手捧辛波斯卡的诗集，非但不喜欢，甚至有些排斥。直到后来友人一再推荐，又重新开始阅读。也许是年岁大了，经验变了，每每读来都不同往常，总是会感受到令人深思的诗情和境况。现在我很喜欢她的诗。”我在准备写诗评时，忽然看到自己曾经写下的这番话。如果没有看到这些文字，我恐怕都记不起曾经有过这样一段经历。

最近疲乏，经常忘记一些事。是我健忘，还是脑海中有块橡皮擦，把一些已不复存在的事和某些飘忽的观念选择性忘记？谁知道啊！人是意识动物，而意识总在流动，因此变化和遗忘都在所难免。我们昨日所爱的，未必今日还爱；我们今日不爱的，也许在明天就爱了。这种不确定性让生活的平面在晓风的吹拂下有了涟漪，宛如静水微澜。在我看来，这也是人生的趣味之一，值得期盼。

在众生中

[波兰] 辛波斯卡

陈黎　张芬龄　译

我就是我。
一个令人不解的偶然，
一如每个偶然。

我原本可能拥有
不同的祖先，
自另一个巢
振翅而出，
或者自另一棵树
脱壳爬行。

大自然的更衣室里
有许多服装：
蜘蛛，海鸥，田鼠之装。
每一件都完全合身，

竭尽其责，
直到被穿破。

我也没有选择，
但我毫无怨言。
我原本可能成为
不是那么离群之物，
蚁群、鱼群、嗡嗡作响的蜂群的一分子，
被风吹乱的风景的一小部分。

某个较歹命者，
因身上的毛皮
或节庆的菜肴而被饲养，
某个在玻璃片下游动的东西。

扎根于地的一棵树，
烈火行将逼近。

一片草叶，被莫名事件
引发的惊逃所践踏。

黑暗星星下的典型，
为他人而发亮。

该怎么办，如果我引发人们
恐惧，或者只让人憎恶，
只让人同情？

如果我出生于
不该出生的部族，
前面的道路都被封闭？

命运到目前为止
待我不薄。

我原本可能无法
回忆任何美好时光。

我原本可能被剥夺
好作譬喻的气质。

我可能是我——但一无惊奇可言，
也就是说，
一个截然不同的人。

《在众生中》的结构沿用了辛波斯卡诗歌中多次出现的金字塔叙述形态，即第一句（节）总结意义，其后细致铺陈句式以夯实整体的诗意。原本以为做了肯定的描述——“我就是我”，但诗人并不真的这么认为。否则她就不会说，自己不仅只是一个偶然，并且“一如每个偶然”，即“我”与任何其他个体并无本质区别。

整首诗大约可以分为五个部分，由五种可能构成。其一：“我原本可能拥有 / 不同的祖先”。“我”也许与飞鸟、爬虫或其他自然之物无异。尽管如此，它们还是与人类不同。它们出于自然，又在自然中自给自足，不徒有外表，维持良性生态。辛波斯卡写道：“大自然的更衣室里 / 有许多服装：/ 蜘蛛，海鸥，田鼠之装。/ 每一件都完全合身，/ 竭尽其责，/ 直到被穿破。”

其二：“我原本可能成为 / 不是那么离群之物”。然而作为一个人，幸亏可以离群索居，实在好过“某个较歹命者”葬身于人类的虚荣与口腹之欲。烈火逼近树木，草地被无辜践踏。与此同时，面对各种生存困境，辛波斯卡发出了“该怎么办”的疑问。字里行间隐约透露着对生命岌岌可危，而生命的意义在风中飘零的忧虑。

结束了一系列忧思之后，辛波斯卡不无感慨地继续讲道：“我原本可能无法 / 回忆任何美好时光。”“我原本可能被剥夺 / 好作譬喻的气质。”这两处的潜台词或许是：假若“我”根本不曾有任何美好光阴，假若“我”被监禁，假若“我”的笔被封停，假若……而这些并未发生或未达到某种程度，于是以此来回应上文：“命运到目前为止 / 待我不薄。”

第三、四处“我原本可能”，不像前面列出许多具体事象，而是直接表达观念。实际上，这恰好显示了由省略到联想的过程——表面缺失，内在却丰富了那些存在于个体身上值得再三回味的事。我非常赞许这种表述方式。因为与人类共同经验相比，在诗中，个人私密感受需要留出适当空间，以留出空白点，仿佛一场雪向四野展开……

“我可能是我——但一无惊奇可言，/ 也就是说，/ 一个截然不同的人。”实际上，诗到末尾一句依旧是对首句的回应。诗到此处似乎已完结，我却依然可以清晰地听到辛波斯卡怀着一种母性的仁慈，以极大的悲悯在喃喃自语，怜惜那些更不幸的事物。事实上，这首诗的根底毫不明朗，在惋惜他物的同时，又进一步揭露了自然生态被破坏之后社会生活的恐怖（当然，她是以一种较为隐秘的方式在控诉，针脚细密，扎得结实）。一咏三叹中，循环往复地推进了生命的无常与无奈。

借助这首诗，我也想感慨：我，一个偶然，宛如神秘事件如是发生。幸好“命运到目前为止 / 待我不薄”，我理当珍惜！

丹妮斯·莱维托芙（Denise Levertov，1923—1997），生于英国埃塞克斯郡的伊尔福市。莱维托芙受到良好的家庭教育，自小立志从文，17岁时发表了人生第一首诗，1946年出版了第一本诗集《重影》，被认为是“新浪漫派”诗人之一。1947年莱维托芙与美国作家米切尔·古德曼结婚，1956年加入美国国籍，晚年执教于斯坦福大学。在美国，虽然莱维托芙认识了许多现代主义诗人，并受到黑山派诗人的影响，但并未融入其间，而是自成一派。莱维托芙的诗既关注日常又具有神秘主义的倾向。主要诗集有《长在我们后脑勺的眼睛》《雅各的梯子》《吸水》《井中的沙》等。

渴望月亮

[美] 莱维托芙
倪志娟　译

不是月亮。而是一朵花
浮现在水的另一边。

水汹涌而去，
裹挟着树枝，卷走了一整棵树，

一座谷仓和一座桥。花
在遥远的岸上歌唱。

不是一朵花，而是一只鸟，
藏在最幽深的树林中鸣唱，歌声

掠过水面，在河流棕色的褶皱中
制造出一种沉默。

月亮。不，是一个年轻男子已走在
树下。树叶间

挂着灯笼。
温柔，聪明又慈悲，

他的脸焕发着天然的光芒，
我看见它穿过水面，仿佛消失了。

是一个小丑。他的铃铛庄严地
摇响，一种悲伤的曲调，

我在河岸应和着起舞。

诗人莱维托芙起首一句"不是月亮"，就给整首诗提供了无限的想象空间。哦！它会是什么呢？"是一朵花／浮现在水的另一边"。花，该是多么美好，但诗人用了限定词"另一边"，而非离得近的"这一边"。汹涌的水裹挟着"树枝"，卷走了"一整棵树""一座谷仓和一座桥"。生活初始往往只是细枝末节的剥离，而后是整体的倾覆。

人们看落花流水，一去不返。诗人的心中，花"在遥远的岸上歌唱"。她立即修正：那不是一朵花的歌声，"而是一只鸟，／藏在最幽深的树林中鸣唱"，且"歌声／／掠过水面，在河流棕色的褶皱中／制造出一种沉默”。紧接着，“月亮”顺理成章出来。还没来得及反应，她转念表示，“是一个年轻男子正走在／树下”。很快她重新换了说法，这次“是一个小丑”。所幸的是虽然小丑的生活充满悲伤的曲调，他却庄严地走过自己的人生。

而“我”，“在河岸应和着起舞”。

从不是月亮而是一朵花，到不是一朵花而是一只鸟，是月亮，是一个年轻男子，是一个小丑，再到“我”；从花在无法预计的另一边浮现——它在遥远的岸上歌唱，歌声掠过水面，灯笼在视域之内消失，至小丑的出现，最后再到“我”；从事物逐渐变异到距离由远及近，所有表述，皆是诗人刻意构建的话语，或是“亲历”的生活。这是“小丑”的悲伤的“温柔，聪明又慈悲”的生活，恰似“我”的生活。

鉴于以上种种，与其认为莱维托芙之所愿为“渴望月亮”，莫如说是渴望生活。生活的真实和诗意的虚妄并行不悖，我们就是在不断的离散与辨析中接近事物的真相（如果有的话），接近那些可望而不可即的事物以及它们所蕴含的本质。那么，生活的本质是什么？窃以为，实乃光阴的箭矢穿越重重迷障射向万物核心，有意无意的偏离，描画出层层叠叠的同心圆；又仿佛你我，若即若离。

耶胡达·阿米亥（Yehuda Amichai，1924—2000），以色列诗人，生于德国乌尔兹堡，1936年移居巴勒斯坦，1948年参加以色列独立战争，而后长期从事大学教育工作，2000年在耶路撒冷逝世。擅长使用希伯来口语，再借助现代英语诗歌形式，使得其诗不拘一格，时而温柔敦厚，时而辛辣嘲讽，时而欢快，时而沉郁，在表象的词汇之下藏着深奥的哲理，揭示人类基本境遇。阿米亥被誉为以色列当今最杰出、最具国际影响力的诗人，一生共出版了23部诗集及其他多种著作，主要诗集有《今日和他日》《此刻在风暴中》《开·闭·开》等。

阿门石

[以色列] 阿米亥
黄福海　译

我书桌上有一块石头，上面刻着“阿门”两字，
那是一块三角形的碎石，来自世代以前毁弃的
犹太人的墓地。而其他那些在混乱中撒落的碎石
成百上千地垒着，有一种强烈的思念，
一种无尽的渴望充盈其间：
名字搜寻着姓氏，死亡的日期
寻找死者的生辰，儿子的名字
寻找父亲的名字，灵魂希望安息，但生辰
渴望与它再度团圆。他们只有找到对方，
才能得到圆满的安息。
只有这块石头，静静地躺在我书桌上念着“阿门”。
可现在，一位悲伤的好心人用慈爱
将这些碎石收集起来。他为它们洗尽污秽，
逐个地拍下照片，将它们摆放在
大厅的地板上，让每一块墓碑恢复原形，

成为一个整体：从碎片到碎片，
就像死人的复活，一幅镶嵌画，
一个拼图游戏。一场儿戏。

最近一直在阅读阿米亥的诗，还买了他的《开·闭·开》送给友人。这算是某种意义上的借花献佛——我自己的那一本，也是友人所赠。书籍（尤其诗集）深深地影响着我的文艺生活。我无法想象没有诗的日子，这就好比领略过四季风光的人再也见不到落叶于秋的金黄和“胜日寻芳泗水滨”的春光。

在研读诗歌文本时，我总是会对自己提问。什么是“阿门石”？有了“阿门石”后又将如何？一首好诗定然会有许多外延的概念生出，加之解析者的个体经验不同，诗意、况味会显得千差万别。鉴于阿米亥诗歌中极为强大的宗教隐喻，而我又不曾研究过犹太教以及以色列作为一个国家所历经的苦难史，仅听闻，犹太人有在墓碑上放小石块以祭奠先人的习俗。基于以上种种，所以只能概说几句。真惭愧！

有人认为人分两种：一种有信仰，一种无信仰。以我之浅见，人只有一种，即人人皆有信仰。只是那些看似没有信仰的人还未清晰认知到，所谓信仰并非仅仅来自政治上和习惯上认可的宗教，也包括对自身心灵和万物有灵的信仰，甚至对原始巫术的冥冥遵从。换言之，信仰只是表明对某种思想、观念的信奉和敬仰，并置其于自我行为准则之中，从而在日常生活中实践。

我作为一个生活在 21 世纪的新女性，虽有几分知识，也相信科学，却是个地道的信仰的复古主义者：我信仰万物有灵，对一草一木、自我心灵，乃至对远古巫术皆有着微妙的崇敬。但我不是形式主义者，不去跪拜，不入道观庙宇，一切所思所想全在心中完成。这就是我的宗教观，我的“阿门石”。

我尽在言说人生，忽略了好好解析诗本身。当然，能够花如此多时间着墨于信仰，源于“阿门石”实在是一种既关切当下行为又追寻远古生活的行为规范和思想意识。不仅如此，它还关乎国家的命脉，关乎历史的痛楚；关乎溯源，关乎传承；关乎犹太人，关乎人。

一向以来，我期望推荐好的诗给爱诗的人。与此同时，也冀望可以提供一些新鲜的观点给他人。这些观点也许有失偏颇，甚至与传统价值观念相悖，然而我认为价值的天平不在今日，不取决于他人，而是隐藏在往日经验与当下自我心灵博弈的过程中。我们生命中有太多固化的观念影响着生活，必须不断地提问，不断地质疑，不断地否定，不断地更新，但是源头必须找到。在这首诗中，源头就是“阿门石”。它是其民族的佐证，先祖的信仰，乃犹太人建国的根基。有了这些血脉的联系，纵使个体生命（作为个体的一块“阿门石”）之于永恒流逝的时间，如同诗人所言：“从碎片到碎片，/ 就像死人的复活，一幅镶嵌画，/ 一个拼图游戏。一场儿戏。”但又能如何？

对于整个犹太民族而言，诗人桌上的那一块“阿门石”既是单数又是复数。“阿门石”，实乃一块亚伯拉罕的墓碑，一组摩西的基因，一个犹太人的家国史。

德里克·沃尔科特（Derek Walcott，1930—2017），诗人、剧作家、画家。出生于圣卢西亚的卡斯特里。先后就读于圣玛丽大学和西印度大学，后迁居特立尼达岛。沃尔科特的诗歌用热切的语言，构筑晶莹的质地，展示出加勒比海的文化气息和风土人情。18岁出版了第一本诗集《诗25首》，沃尔科特自此开始了他的文学生涯，先后出版了20余部诗集和戏剧。主要作品有诗集《奥美罗斯》《白鹭》，戏剧《猴山上的梦》《海地大地》等。1992年，因其诗“具有伟大的光彩，历史的视野，献身多元文化的结果”荣获诺贝尔文学奖。

白鹭（1）

［圣卢西亚］沃尔科特
程一身　译

细察时间的光，看它经过多久
让清晨的影子拉长在草地上
让潜行的白鹭扭动它们的喙与颈
当你，不是它们，或你和它们，已消失；
因为嘈杂的鹦鹉在日出时发动它们的舰队
因为四月点燃非洲的紫罗兰
在这个鼓声隆隆的世界里它让你疲惫的眼睛突然潮湿
在两个模糊的晶状体后面，日升，日落，
糖尿病在静静地肆虐。
接受这一切，用相称的句子，
用镶嵌每个诗节的雕塑般的结构；
学习明亮的草地如何不设防御
应对白鹭尖利的提问和夜的回答。

沃尔科特被布罗茨基称赞为“今日英语文学中最好的诗人”。他的作品探索和沉思加勒比海的历史、政治、民俗和风景，因“具有伟大的光彩，历史的视野，献身多元文化的结果”而荣获1992年的诺贝尔文学奖。沃尔科特的诗技术上颇为复杂，但同时又以“复杂的现实呈现出一种水晶般透明的质地”。是的，我们此刻欣赏的就是这位“诗歌超人的词语钻石”（程一身语）。

那么可以想见，沃尔科特的诗必然不会太明白晓畅，定有着理解的难度。诗歌《白鹭》出自沃尔科特生前出版的最后一本诗集。这本诗集就叫《白鹭》，由众多组诗构成。《白鹭》也是组诗，共八首，此次浅析的是第一首。

美，有震颤灵魂之效用。甫一看到《白鹭》，就被深深吸引，尤其首尾两个分句。因为不知如何着手下笔，以致很长时间里我只把它（其实以“白鹭”命名的整本诗集都很好）推荐给友人，却不曾写下诗评。但我无数次地感喟过“白鹭”之美——沃尔科特的“白鹭”在晨曦的缓慢变化中，转动着优雅的身躯呈现的维纳斯般静穆而——啊——战栗的美。

全诗共两个长句，各自又都有两个分句。也就是说，全诗的意义就黏合在并列、转折、承接、因果等关系中。于不同时段阅读，我发现分句的关系并非一味固定（譬如并列抑或承接等），而是有其变化。此外，我也更看重词句背后隐含的意义。因为各种缘故，无须特别从语法角度剖析这些句子的结构，总体上把握意义就可以。

第一句，从“细察时间的光”到“糖尿病在静静地肆虐”。

以光为线索，从“清晨的影子”到“两个模糊的晶状体后面，日升，日落”——这是时间的脉络。以“潜行的白鹭”“嘈杂的鹦鹉”“非洲的紫罗兰”和“眼睛突然潮湿”的疲惫的“你”为诗说的对象。当白鹭在清晨的安宁与静谧中展现它的非凡之美时，“你”抑或嘈杂的鸟类和人群，以及由激情点燃的艳丽花朵，都使得白鹭与静穆之美双双消失。讽刺的是，“糖尿病在静静地肆虐”，人的生命进入了晚期。这是故事。这是前半段的故事。白鹭象征着生命的流逝，为刹那之美，又显示精神世界的疏离，视同永恒之光。

遂而想起诗人王自亮献给沃尔科特的组诗，名曰《大海鲢、盲人与命名之光》。其中第一首开篇就是，“此刻，白鹭为乌鸦所取代，以便巡视永恒”。此诗中，“白鹭”同样被视作一种存在于光明中却不恒久的珍贵事物；“白鹭”的指向不仅涉及时光之短长，人间之黑白，还有心灵之美丑。再言此诗：

接受这一切，用相称的句子，
用镶嵌每个诗节的雕塑般的结构；
学习明亮的草地如何不设防御
应对白鹭尖利的提问和夜的回答。

从用“雕塑般的结构”，就可猜想沃尔科特注重句子结构和意群，以及所展现的整体意义。再说，好诗人大体都会这么想吧。能否如其一般做到，就另当别论了。作为一个诗人，沃尔科特自然要用相称的句子言出诗心，接受生命的赐予，纵使它忽暗忽明，光的短长不一。然而，依然要向明亮的事物学习，学习天真地接受夜的黑、夜中才有的星语。其后，露珠被光折射，草地一片晶莹，白鹭潜行。

诗评之外的话。时光恍惚，三年悠然而逝。与之相随的事物越过高山、大海和人群，最后呢？最后不知晓。然而此刻我着实在纪念沃尔科特的消亡。这作为他逝世三周年（2017 年 3 月 17 日—2020 年 3 月 17 日）的祭文吧。因为近来写作任务繁重，今日澎湃于心中的波涛无法尽情抒发，只得像潮汐退却，留下一片沙滩，让各位喜爱沃尔科特的诗友自己去捡拾贝壳，怀念那些阳光，以及被时光暴晒和淘洗后留下的斑点和遗痕。诗评是我 2018 年春日所写。未经仔细斟酌，只修改了几个字。爱他吧，继续爱他，就像我们爱白鹭，尤其是爱他创造的“白鹭”。

西西里组曲（1）

［圣卢西亚］沃尔科特
程一身 译

像一只黑鹂，从阳光中跃出
飞入光线微暗的画室，撞到玻璃，
拍着翅膀向前飞又撞上玻璃砰然落地，
似乎它在寻找一个笼子安静下来
就像我的心在可怜地寻找一个出口
逃离它自己，想起帕韦泽的那些日子，
想起离开你的一次飞行（谁会想到你的影子
竟变得如此坚固？），我肯定会
像那只受困的鸟不断撞向你前额的墙壁，
直到你让我从你的双手张开的括号中起飞
飞过你的凝视这扇窗户
经过鸽子岛飞往伊索拉（飞往神圣的西西里）。

《西西里组曲》出自沃尔科特生前出版的最后一本诗集《白鹭》。所谓组曲，尽可以理解为组诗。沃尔科特热爱旅行，写过许多关于旅行地的组诗，《西西里组曲》是其中比较长的一组，共 11 首，本次浅析的是第一首。此诗表面关乎旅途见闻，实则用“透明的质地”反映深层次的厚重的日常现实，“像一只黑鹂，从阳光中跃出”撞到玻璃后又撞上玻璃，再“砰然落地”。此时我仿佛听到了黑鹂撞击后的叹息。这并没有结束，要知道黑鹂并非从笼子里往外飞。恰恰相反，是进入其间以安置自身——“我的心在可怜地寻找一个出口／逃离它自己”。

心，即牢笼。我们总想逃离，又不断地对其加以规制。最后发现，无论是进入还是出去，没有一个地方可以收留人心，除却自身。我强烈地感受到这似乎与信仰有关。至于为何沃尔科特旅行的西西里并非表象的阳光灿烂之地，而是暗指悔过之境，实在无从得知。我能够想象沃尔科特描绘的这种情境。曾几何时，我还在告诉自己，要近自然、亲物理、疏人群，像梭罗一样让生命进入并循环于这种自我构架的生态体系。然而，梭罗天堂般的瓦尔登湖终究不是我或者沃尔科特“神圣的西西里”。

接着听沃尔科特喟叹：“像那只受困的鸟不断撞向你前额的墙壁，／直到你让我从你的双手张开的括号中起飞”。这个所谓的“你”，纵使不是“神圣的西西里”，也绝非单纯的地理称谓，至少与沃尔科特在心灵上是投契的事物。“受困的鸟”“前额的墙壁”“张开的括号”，其实可以说整个这一句都精妙绝伦到不可名状。古人言“诗无达诂”，今日我正有此感。

任何一首诗的解读，皆是诗人与读者间相互摩擦、消耗、体认、接纳的过程，而这往往与诗人留下的信息与空白，以及读者的个体经验和文学素养有关。假若诗是夜空中的花火，我只是个引子，你的性灵、诗情和眼界才是灿然的根本。

西西里组曲（2）

[圣卢西亚] 沃尔科特
程一身　译

我心头萦绕着粉红色夹竹桃的护篱
沿着西西里的道路，它们砾石铺成的辅音字母
被压在轮胎下面，萦绕着石桩，萦绕着围墙
它们觉得没有必要旅行
这么远，去认识我已经熟悉的事物，
如今它增长了，除了那个古怪而残破的城堡
透过它的门凝视一种加勒比海的蓝，
还有奥提伽这个名字在它脆弱的平衡里
鸣响如水晶。在松树
银桤木和橄榄树的沙沙声里，差异开始呈现，
声音需要翻译。大海是相同的
除了它的历史。这个岛是我们守护神的
出生地。它们共享同一个名字：
卢西亚。炎热具有岛屿下午
那种相同的清白气息，但有差异，
就像夹竹桃的表情和橄榄树的绿色火焰。

沃尔科特的诗就像特朗斯特罗姆的一样，是我的床头小品。说“小品”绝非轻视，恰恰相反，譬如你爱着的人、爱着的猫，叫他们小宝贝、小家伙、小东西，无一不是昵称。每每翻阅沃尔科特的诗，就会感受到许多乐趣，还有乐趣之外稳固的岛屿与流动的人群之间相互的慰藉以及各自的喟叹。

对于《西西里组曲》，先前已浅析过第一首，本次是第二首。这首诗延续了沃尔科特诗歌的特征：既有花朵般斑斓的色彩，譬如“粉红色夹竹桃”“加勒比海的蓝”“绿色火焰”；又有露珠般透明的气息，譬如“砾石铺成的辅音字母”“鸣响如水晶”等，恕不尽数。

从表象看，这首诗宛如混沌事物、聚集一处，实则四周风吹草动。先由想象或回忆入画，再走进真切的情境，并得出一个观点：“它们觉得没有必要旅行 / 这么远，去认识我已经熟悉的事物”。

想要把这首诗推荐给大众，首先当然是因为诗好，其次诗里涉及的“反旅行”问题，触动了我的心思。这一观念，我最早是在喜爱的女诗人伊丽莎白·毕肖普《旅行的问题》中看到：“想想漫长的归家路。/ 我们是否应该待在家里，惦记此处？ /…………/ 我们可还有空间容纳 / 又一场余温尚存、叠起的日落？”“‘这里或者那里……不。我们是否本该待在家中 / 无论家在何处？’”（包慧怡译）

许多人都在向往和不断地践行“诗和远方”，这使我情不自禁想到，诗是生活，而远方既在远处又在脚下。与此同时，颇为有趣又自相矛盾的是，这些年我不停地在行走，近至刚刚去过的国之西南，远至数年前的欧洲大陆和千里冰封的西伯利亚等。但是这一切不会阻碍我反思“旅行”和“远方”的问题。然而远方真的毫无新意、不值得探究吗？沃尔科特借由不同的树的“沙沙声”来表达事物之间天然的差异，从而揭示大自然中各种物质的不同属性。以此切入生活，人与人之间的语言和思维呈现多种差异。

大海是相同的
除了它的历史。这个岛是我们守护神的
出生地。它们共享同一个名字：
卢西亚。

甫一看到以上这几句，还真以为沃尔科特说大海是相同的。实际上，一旦以人观海，就进入了历史演化过程。大海不再是过去的大海，至少它的岛屿早已不复当年，几经易主。它从地理的概念进入了社会的范畴。由此我想到，诗人心中的神圣之地卢西亚（圣卢西亚），历经风雨，从一座原住民的火山岛变迁成一个英联邦成员国。我不敢贸然揣测，沃尔科特是否有潜在的政治上的诉求，却不可否认，这首诗仿佛一幅山水画，又满布人情风物——真是道不尽的旅途故事。

虽然诗中涉及了“反旅行”问题，沃尔科特并没有给出明确答案，但以下这段话不失为一个重要信息：“炎热具有岛屿下午／那种相同的清白气息，但有差异，／就像夹竹桃的表情和橄榄树的绿色火焰。”如果我们要认同差异，那么显然就要忽略前文说的“反旅行”。谁人不知，思想落实到行动，是个亘古难题。

既然如此，想远走他乡的人继续前行，想驻守此地的待在这里。反正，无论我们走向何处，人生只有一个归处——那缓慢下沉的地平线，地平线上一个毫不起眼的小圆点。所以人们生前所经历的过程也许是唯一可以分出你我、显示独特性的存在方式。关于沃尔科特的诗，即便是不那么经常看诗的友人，我依然想把《白鹭》这本诗集推荐给你。因为其中多数是旅行纪文，又富有诗情画意。你可以足不出户，体会欧洲，尤其地中海沿岸国家的各种山川地貌、人文风情。一言以蔽之：读诗吧！

胡安·赫尔曼（Juan Gelman，1930—2014），被认为是阿根廷20世纪六七十年代最负盛名的诗人，生于阿根廷首都布宜诺斯艾利斯。一生坎坷，命运多舛，历经流亡、被判死刑，以及与至亲分离，但仍旧不屈不挠饮冰而活，坚持创作。诗歌是其武器，承载慰藉与寄托，他在平凡中见证卓越，用朴实的语言表达深邃的思想。1956年发表第一本诗集，著有《小提琴及其他问题》《戈探》《漫游》等。作品屡获殊荣，2007年获得西班牙语世界最高文学奖——塞万提斯奖。

动物

[阿根廷] 赫尔曼
范晔　译

我与一只隐秘的动物住在一起。
我白天做的事，它晚上吃掉。
我晚上做的事，它白天吃掉。
只给我留下记忆。连我最微小的错误和恐惧
也吃得津津有味。
我不让它睡觉。
我是它的隐秘动物。

世间若有什么事对每个人而言都是公平的，我想就是时间。无论我们的行迹像蜗牛一样缓慢抑或快速如光流，都在一个沙漏里，我们谁也没有比其他任何一个人获得更多时间。很遗憾，时间对每个人来说，永远都不够！那些往昔时光总是蒙上灰尘，让人伤感。赫尔曼在《动物》里用冷静、克制和些微荒诞的笔调栩栩如生地描绘了这个隐秘动物——时间——是如何一点一滴在吞噬我们的人生的。

第一次看到这首诗时，也许其他诗对我更有吸引力，因而不曾太多关注。后来越来越觉得它别有趣味。有人认为这首诗抒写的是诗人及其隐藏的自身。毫无疑问，我对此不持异议。但是坦白讲，当我想要去解读时，第一反应——诗人言说的这个“动物”是时间。

起首一句“我与一只隐秘的动物住在一起”，不免使人好奇这是一只什么样的隐秘动物。从第二、三句，知道了它消耗事物，毫不留情。日复一日，与我如影随形。然后接着表述它事无巨细，“连我最微小的错误和恐惧”，仿佛饕餮一样统统吃掉，且吃得津津有味，仅仅给我留下记忆。众所周知，记忆本身就会慢慢淡化、隐匿，直至全无踪迹。错误和恐惧自然也会消失。天哪，这隐秘的动物究竟是何许“人物”？我要窥其庐山真面目。

在我的感知里，这世上唯时间才可消弭所有细碎，唯时间是永恒。当诗人说“我不让它睡觉”，甫一看还以为他对这样一只生猛的动物有着绝对的掌控能力，且能够由被动转为主动，与前文形成对比。那么事实呢？

人无法知晓自己生命的短长，更无法控制时光的流淌；另一方面，人若活着就有一切可能和各种权益，即便对时间也是如此——至少在自我时间的归属上，时间属于特定的“你”“我”“他”，会根据各人的意愿和行动铺就不同的生命轨迹。

最后一句：“我是它的隐秘动物。”相比于永远都在汤汤而流的光阴，人的确只是它某一时段中小小的波纹，是亿万波纹里偶然泛起的隐隐约约的个中涟漪。作为人的隐秘动物的时间，无处不在又遁形于物。作为时间的隐秘动物的人，居大处，乃沧海一粟，立小方，为自我命运（时间）的主宰。而生命的意义就在于这大中之小，这小中之大。

阿多尼斯（Adonis，1930—　），本名阿里·艾哈迈德·赛义德·伊斯伯尔，叙利亚诗人，同时也是思想家、文学理论家、翻译家、画家。他积极倡导诗歌现代化，深刻反思阿拉伯传统文化，极具诗名、著作等身，乃阿拉伯当代最为卓越的诗人之一，在世界诗坛享有盛誉。著有诗集《风中的树叶》《大马士革的米赫亚尔之歌》《复数形式的单数》等，以及多部文选、杂文和散文集等。1974 年获黎巴嫩国家诗歌奖，1983 年被法国政府授予“文学艺术军官勋章”，1984 年获联合国教科文组织颁发的毕加索奖章，1991 年获法国让·马里奥外国诗歌奖，2011 年获歌德奖。

致西西弗

[叙利亚] 阿多尼斯

薛庆国　译

我发誓在水上书写
我发誓为西西弗分担
那块沉默的山岩
我发誓始终和西西弗一起
经受高热和火花的炙烤
我要在失明的眼眶里
寻找最后的羽毛
对着青草、对着秋天
书写灰尘的诗稿

我发誓要和西西弗同在。

阿多尼斯是一位我阅读得较多，诗评却写得很少的诗人。《致西西弗》出自阿多尼斯1961年出版的诗集《大马士革的米赫亚尔之歌》。关于“西西弗”，我将抄录《我的孤独是一座花园：阿多尼斯诗选》中此诗后的一段脚注加以说明：“西西弗，或译为‘西绪弗斯’，古希腊神话中人物。据说他被罚将巨石推到山上，但将要抵达山顶时，巨石又滚下，只得重推，如此无休无止。”

根据本诗译者薛庆国《“风与光的君王”——译者序》可知，阿多尼斯可谓著作等身，从1957年出版第一部诗集《最初的诗篇》到2008年《出售星辰之书的书商》，约50年间共出版了21部诗集。笃爱思考又极为勤奋、笔耕不辍的阿多尼斯想必之后还出过别的诗集，正在这么想的时候，我拿起了另一本薛庆国翻译的阿多尼斯诗选《时光的皱纹》。在截止到2015年的年表中，看到他又出版了三本诗集，并且撰写了文选、杂文和散文集等几部书籍，此外还审校了阿拉伯文版的《特朗斯特罗默诗歌全集》。这简直是无法想象的成就！

言归此诗吧。诗中开篇即言：“我发誓在水上书写”。众所周知，从物理的角度来讲，没有人能够在水上书写。而阿多尼斯发誓要这么做，无非想表明自己的决心和不惧怕因此所承担的永无止境的苦难。虽然他并未阐释这样做有何意义，以及是否在乎留下英勇的事迹，但他决绝地表达了内心的愿望。

接着往下读。什么又是“沉默的山岩”？“山岩”，我们感知不到它的呼吸和语言，诗人特意加上“沉默的”这个颇为累赘的修饰词，绝非为了语词而语词，或许有如下含义：首先，人与事物的关系，至少以人的思维考量，物是被动的，人是主动的，与“沉默的山岩”形成对照的是积极行事的西西弗；其次，“山岩”包含一个不甚明了的定义，它或许表示真理、想法、目标、压力、责任等事项。而推举岩石至山顶这一行为可以看作是人们必须背负某种事物，背负到一定程度又使人有所识见，在几近抵达巅峰的状态时，却再一次被推倒起身重来的永不放弃的精神。

阿多尼斯冀望可以分担西西弗那些形而上的艰辛。与此同时，他本人对高远事物依然怀有热情。恰如西西弗所知，这是一条不归路，然而不能不走。阿多尼斯带着与西西弗同样的心境，发愿陪伴其经受身心的磨砺。无论是从“失明的眼眶里／寻找最后的羽毛”，抑或“对着青草、对着秋天／书写灰尘的诗稿”，明知不可为而为之，道之所至，“虽千万人，吾往矣”。也就不难理解，在诗的末尾，他笃定地表示：“我发誓要和西西弗同在。”

你我何尝不是如此！尽管在平原已然颠沛流离，前往高山荒原的路依然走得异常坚定。作为一个人，一个诗人，我也发誓“要和西西弗同在”。

从首句“我发誓在水上书写”，到愿意分担“那块沉默的山岩”，再到共同“经受高热和火花的炙烤”，之后“在失明的眼眶里／寻找最后的羽毛”，对着大自然“书写灰尘的诗稿”，到最终依然“发誓要和西西弗同在”，全诗传达的是个人对真理和梦想循环往复不断追索的过程。再来回溯诗名——“致西西弗”，可以看出，这既是一首颂诗，也是诗人阿多尼斯自己精神追求的写照。

短章集锦（摘选）

[叙利亚] 阿多尼斯

薛庆国　译

每一个瞬间，
灰烬都在证明它是未来的宫殿。

夜晚拥抱起忧愁，
然后解开它的发辫。

*

他埋头于遗忘的海洋，
却到达了记忆的彼岸。

*

日子，

是时光写给人们的信，
但是不落言筌。

*

往昔是湖泊，
其中只有一位泳者：记忆。

*

孤独是一座花园，
但其中只有一棵树。

我对水仙怀有好感，
但我的爱属于另一种花，
我叫不出它的名字。

*

玫瑰的影子，
是一朵凋谢的玫瑰。

*

诗歌是天堂，
但它永远在
语言的疆域流浪。

*

遗忘有一把竖琴，
记忆用它弹奏
无声的忧伤。

这组名为《短章集锦》的诗出自阿多尼斯1988出版的诗集《纪念朦胧与清晰的事物》。原诗并无命名，标题由译者薛庆国所加，中译本已是选译，但仍然有两百多行，由于篇幅的关系，我只能摘选其中的一小部分。今日，我并未选择以往比较喜爱的“群体书写历史，/个人阅读历史”这样政治意味重的句子，而是选择了更为偏向于个体化、情感化的诗句。事实上，在我所阅读和理解的阿多尼斯的诗里，情谊的喟叹声和爱情的咏叹调并不多，大部分类似于：“诗人啊，你的祖国，/就是你必定被逐而离去的地方。”

虽然彼此性格各异、经历不同，时间的风和光对于每个人而言，却都是相同的——不是我们终将走向某个终点，而是必将到来的那个终点在一步步抵达我们。我们消亡，其后步入未知。假若相信有轮回，且认定时间永无止境，那么我们必然进驻或再次进驻“未来的宫殿”。

“孤独是一座花园，/但其中只有一棵树。”我不确定是否完全体会了诗人的深意。偶尔也自问：什么是孤独？猜想，它或许就像我本人在一首诗里写的孤独那样：“仿佛你曾对着月亮述说，而月亮沉默。/你感到幸福，终归有了一个知己。”

“孤独是一座花园/…………”和“遗忘有一把竖琴/…………”这两句诗似乎是阿多尼斯众多名句中又更广为传诵的。关于前一句，众所周知，阿多尼斯中文诗选有一本就是《我的孤独是一座花园》，这也是我诗评一贯选用的版本。而后一句，最早知道它，是从喜爱诗歌的妹妹那里。数年来，她的微信签名档始终在用这句诗。每次读到“无声的忧伤”，就会有个疑问在心头萦绕：诗人他为何会如此忧伤，而我为何居然也如他这般？

光阴近似流水，仿佛不事雕琢，然而经由它的打磨，所有的事物终将轻飘、空无，最后接近于水、天空和月亮，变成青色、白色，甚至一片朦胧。恰如阿多尼斯所言：“日子，/是时光写给人们的信，/但是不落言筌。”

盖瑞·施耐德（Gary Snyder，1930—　），美国诗人、散文家、翻译家。出生于旧金山，两岁前与家人移居西雅图，1942年父母离异，与母亲和妹妹迁居波特兰，自此更亲近大自然，喜爱登山。就读于伯克利大学时，受到禅宗影响继而转学亚洲语言和文化，其间翻译中国古诗，参加“垮掉派”运动，是此派中诗歌成就较大的诗人，也是该派目前仅存的几枚硕果之一。1956年前往日本京都研修禅宗佛教和东方文化。多年来一直致力于生态保护，被誉为“深层生态学的桂冠诗人”。主要诗集有《砌石与寒山诗》《神话与文本》《龟岛》等，其中《龟岛》获得了1975年的普利策诗歌奖。

水面波纹

［美］施耐德
西川　译

“水面上起波纹——
这是银色的三文鱼在下面游过——不同于
微风漾起的波纹”

奔浪的卷羽——
一头驼背鲸
冲起在空中
一口吞下青鱼
　　——大自然不是一本书，而是一场表演，一种
高古文化

历久常新的事
被刮净，被擦亮，被再用，再用——
辫状河汊
隐蔽于草地之下——

旷野

　　孤独的房屋。

旷野中小小的房屋，

　　房屋中的狂野。

两忘。

　　无性

两聚，一间巨大的空屋。

诗歌《水面波纹》出自美国诗人施耐德的同名诗选集《水面波纹》。施耐德信奉禅宗，生活简朴，常年身体力行支持环保运动，是“垮掉的一代”中目前仅存的几枚硕果之一。关于施耐德其人，根据西川译诗选集《水面波纹》的译者前言可知：“他是‘垮掉派’中的重要诗人；他受到过中国古代文化的重要影响；他翻译了《寒山诗》并影响巨大。”除此之外，我们还了解他什么呢？“他还是白居易《长恨歌》的英译者，他还热爱陆游，还翻译过孟浩然、王维、王之涣、王昌龄、杜甫、杜牧、元稹、刘长卿、柳宗元等人的诗。”

不仅如此，施耐德最重要的长诗之一《溪山无尽》的名字就来自现藏美国克利夫兰美术馆的宋或金佚名画家所绘《溪山无尽图》。此外，他还研究日本文化和佛教禅宗，尤其是日本禅宗。由此及彼，可见施耐德对东方文化（至少是中日文学）的仰慕之情。而我也仿佛看到了一个传播中国古代文化的诗人辽远又清朗的形象，在太平洋的那一端。

坦白讲，我并不认为自己完全理解了《水面波纹》。但如果只是自我欣赏，不做解读、不写评论，这是我最喜爱的一类诗——有故事，又不耽于说事；有哲理，却在具象之外不受语词的控制；有意境，还散发着缥缈的迷思。总之，有些美只可意会不可言传。

这首诗有两处需要多加关注：首先是第一节引号中的部分，其次是遍布各处的破折号。我们所知，诗中若用引号，不是谈话内容，便是引自他人，抑或重点句章。在这首诗中，因为没有迹象显示是引用（作者和译者均未就引号中内容做备注；从文者大凡引用他人句子，一般会写明，以示尊重），我暂且把它们当作诗人内心的意识和全诗的重点，并把二者结合起来理解。

关于破折号，我本人的诗就经常使用。破折号用法有多种，然而在我所见过的诗中，所涉最多的是做解释说明，进一步铺陈前文的内容，《水面波纹》首节也是如此。事物的表象往往具有迷惑性，无论它有意或无意，总是呈现相同或相似的态势。然而当你屏息静气，拨开迷雾，会发现其产生的根本原因却迥然不同。都是波纹，一个始于水下，一个来自天上。不过，“银色的三文鱼”也罢，“微风”也好，它们归根结底都是自然造物。正所谓水上波纹，海内乾坤，暗藏玄机。

再譬如，“一头驼背鲸／冲起在空中／一口吞下青鱼”，就是在分析说明“奔浪的卷羽——”产生的原因；“——大自然不是一本书，而是一场表演，一种／高古文化”的破折号稍有不同，它不乏阐述的意味，但更多是在概括这一整个小节的旨意。这是“蝴蝶效应”。一条生物链不由任何物种单独决定，而是环环相扣，彼此作用。对于万物死生寂灭，大自然不会说教，从来都是真实上演，且演绎了亿万年。天地有众神。人并非“宇宙的精华，万物的灵长”（《哈姆雷特》）。

日复一日不出新日，年复一年似同往年。以人为着眼点，历史时时在重演，天下自古无新事。世间所有的变与不变，皆与你我有关；江河入海，就发生在我们脚下。施耐德在视野上从鱼之大洋，到鲸之大海，再到辫状河汊之江流，由大到小；又从海洋到陆地，由远及近，使一个原本仿佛遥远的故事步步深入，来到人前，变成我们真切的生活。但是诗人并未直接言说喧嚣的人生，而是从更广阔的天地——“旷野”，来谈人的着落。人作为一种时空坐标定位于天地。作为个体，本是自然之一，宛如旷野中一个独立、孤寂又狂野的灵魂。

我不由得想到：人除了与社会相处，与他人相处，还要与自我相处。后者最难！因为只有与自身相洽，使得本人成为一个被自我所认同的主体，尽管不时会受到自然力的控制，某种程度上却依旧可以安然伫立于人群。须臾间，我看见幽蓝色广袤的苍穹，星空下月儿无边，旷野中一个自由奔放的魂灵——好美，好美！仿佛是你，仿佛是我，仿佛是……

此时此刻，人与物两两相忘。瞬息之间，风云际会，无性无别，天地一体。末了，一切化为乌有，来去皆是虚空。施耐德用眼睛明察世间变化，借由心灵感应天地命理，从而得以遁入忘我情境，参禅悟道，“心即是佛”，颇有老庄遗风和释家禅宗之旨趣。以上所谈，涉及施耐德的精神世界以及他所信奉的人生哲学。关于这一话题，下一诗篇我将重点着笔。

写给卡萝尔

［美］斯奈德
柳向阳　译

我初次见她是在禅室
吃饭时　正打开碗的包布
头向前倾，又叠起那块布
　　作为值日生，我正跪着
每次盛满三套碗
平齐于
　　　　她轻盈的腿
　　　　骄傲，怀疑，
　　　　热情，训练有素
　　　　因
　　　　高度　因
　　　　山巅之险

《写给卡萝尔》出自加里·斯奈德（即盖瑞·施耐德，依译者译名）的诗集《山巅之险》，后者题名来源于前者的诗句“因 /

高度　因 / 山巅之险”。文化市场如同任何市场，一向良莠不齐。本次选用的是柳向阳的译作。之所以选用柳的译本，自然是因为对这一版本水准的认可。实际上，柳向阳翻译的其他诗人的作品也很优秀。这是另话。

我在上次写斯奈德的诗评时说他的诗颇有老庄遗风和释家禅宗之旨趣。同时，还给自己留了个作业——下一诗篇我将重点着笔斯奈德的精神世界以及他所信奉的人生哲学。然而近一月过去，除却粗略地看了他的两本诗集，根本不曾阅读更多有关他的作品。我怎能如此贸然行事，自以为是地谈论一个人的“精神世界以及他所信奉的人生哲学”，尤其是一个需要深度阅读的诗人？假如我要写，就需要更多文献的支撑。显然，这不在今日文字之列。为此，我感到抱歉！

人们以往认为“垮掉派”的诗歌多为“嚎叫”“呐喊”“咆哮”这样直接的反抗（这也许和金斯堡有关——我必须承认，对他的诗和人皆所知寥寥，只有一点固有印象），然而在阅读了斯奈德的一些诗作后，发觉他展现的是一个充满柔光的世界。这个柔光世界并非全然明亮，但他选择了用另一种“武器”和方式诠释一个爱好自由与和平、环保与生态的人抗击外部暴力世界的心灵轨迹。

生活依旧如故，他并不颓废，而是选择聆听山水借以内观修身，用平和的心性和行动养育精神。这使我情不自禁想起了印度“圣雄”甘地的“非暴力”思想，想起了南非民族英雄曼德拉的“自由路漫漫”，想起了波兰流亡诗人扎加耶夫斯基的“试着赞美这遭损毁的世界”……

哦，我流转的思绪！言归正传。阅读这首诗，首先需要了解谁是卡萝尔，以及斯奈德为何献诗给她。根据柳向阳译者注可知卡萝尔是日裔美国人，1968年毕业于斯坦福大学心理学专业，是位博物学家，以徒步山地闻名。1991年与斯奈德成婚，积极参与社区及环境事务；同年底，查出罹患一种罕见癌症，2006年逝世。诗集《山巅之险》于2004年出版，首页“献给卡萝尔”赫然在目。

这段译者注较为清晰地表明了献诗的缘由——因为共同的理想和共同的爱。譬如，作为博物学家，卡萝尔必定通晓动植物，时常行走于山林溪畔；作为社区与环境事务积极的参与者，多半会投身于推动社会进步的事项；“我初次见她是在禅室”，想来她也参禅礼佛，喜爱简朴生活。这些无不与斯奈德的生态观念和生命轨迹密切相关。

初次见面就在禅室。假若这是一个故事，已然有了一个良好的开端——确定的时间，合适的地点，喜爱的人物，期盼的事件。然后他起笔利落，不加修饰，客观描述了“禅室”这一静谧空间中正在发生的事。“吃饭时　正打开碗的包布／头向前倾，又叠起那块布”，在这不紧不慢的寥寥几个动作中，却包含了对人物神情的细致刻画。

摒弃了外界的纷扰，当下悄无声息，唯有眼光顾盼流转。在伴随着仪式感的行动接近尾声时，斯奈德如有神助，从略显低下的平地一跃而上顶峰——“我正跪着／每次盛满三套碗／平齐于／她轻盈的腿／骄傲，怀疑，／热情，训练有素／因／高度　因／山巅之险”。

《写给卡萝尔》从对“禅室”内发生的一系列动作的客观描写到“她轻盈的腿”，“因 / 山巅之险”中显出的强烈的主观意识，从对“禅室”内事物的近景铺设到最终“山巅之险”的全景展示，斯奈德由此也身临其境，继与卡萝尔在日常冷暖交互之后，又在精神层面上有了同样的高峰体验——那凌厉、孤绝又令人称快的惊险。

托马斯·特朗斯特罗姆（Tomas Transtromer，1931—2015），瑞典诗人，欧洲诗坛最为杰出的象征主义和超现实主义大师，被誉为“20世纪最后一位诗歌巨匠”。出生于斯德哥尔摩，3岁时父母离婚，之后由母亲抚养长大。斯德哥尔摩群岛中的仁玛尔岛是特朗斯特罗姆诗歌的灵感之源。十几岁时开始热衷艺术，并很快接触诗歌。1990年患中风瘫痪，几乎完全丧失了说话的能力。著有诗集《半完成的天空》《波罗的海》《野蛮的广场》《巨大的谜》等13部，以及一部以诗歌形式写就的回忆录《记忆看见我》。2011年，因其诗“用凝练、透彻的意象，为我们打开了一条通往真实的新径”而获得诺贝尔文学奖。

自1979年3月

[瑞典] 特朗斯特罗姆
李笠　译

厌倦所有带来词的人，词而不是语言，
我走向雪覆盖的岛屿。
荒野没有词。
空白之页向四方展开！
我遇到雪上鹿蹄的痕迹。
语言而不是词。

毫无疑问，世间好诗若干，而《自 1979 年 3 月》是我至爱的一首。特朗斯特罗姆乃我心中诗歌的巅峰，纵使我写一世的诗，恐怕也难以望其项背。根据《特朗斯特罗姆诗歌全集》李笠译者序所知：特朗斯特罗姆出生于斯堪的纳维亚半岛的瑞典，被誉为“20 世纪最后一位诗歌巨匠”。2011 年，因他的诗“用凝练、透彻的意象，为我们打开了一条通往真实的新径”而获得诺贝尔文学奖。在授奖当日，特朗斯特罗姆的妻子莫妮卡代表因中风已失语多年的丈夫致答谢词，其间就用英语和瑞典语两种语言朗读了《自1979年3月》。可见此诗对特朗斯特罗姆非比寻常的意义。

若想读懂《自1979年3月》，有必要了解“语言”与“词”通常的定义和可能的含义。“语言”的含义很多，包括但不限于以下几种：“语言是人类最重要的交际工具，是人们进行沟通的主要表达方式”“语言是人类最重要的文明成果之一”“语言是人类最伟大的发明”。

综上，概言之：语言由人发明，由人使用，极其伟大。而“词”就显得逼仄了许多，“是最小的能够独立运用的语言单位”。虽然它能组成语言，却只是一个事物的构建（构成因素），没有语言的功用，还不曾涉及通过思维组织传递有效的信息；无法形成真正意义上的互动、交集。以上是“语言”与“词”通常的定义。我还想补充“可能的含义”。特朗斯特罗姆的诗以意象凝练取胜，在一种较为抽象的外观下，诗中的智性隐藏在语言的背后。

起首一句就表明了他对词的态度：诗人厌倦“带来词的人”，“词而不是语言”，潜台词是“我”并不厌倦带来语言的人。而似乎人群之中只有词，因此“我”愿意走向荒芜但满布大自然神迹的岛屿，尽管那里缺少生命的迹象，甚至掩盖了文明的特征。

“荒野没有词。”天地虽一片茫然，却有混沌初开之象，“空白之页向四方展开！”诗人用了叹号感喟：啊，这是我的天地！我就是这“四方展开”的中心！当然，诗人深切知晓自己仅仅是苍穹之“词”，大自然才是由天地万物组成的这个世界的中心——“语言”。换句话说，特朗斯特罗姆了解自己在天地之间的位置和人类生活何以形成及其图景。

根据整首诗的意蕴，与其说特朗斯特罗姆在谈论“词”构筑了“语言”，或忧虑文化的诞生与文明的消亡，或庆幸遇见了自然，不如说（其实是我主观上更愿意这样想象），人终究要从外部世界走向内心世界。虽然已漫谈了一阵，可是依旧有许多不解。恰如一些优秀的诗作，多义且难解，《自 1979 年 3 月》不仅是特朗斯特罗姆最难以言明的诗之一，甚至是我阅读过的所有诗歌中较难评论的一首。然而对于诗的喜爱，难易又何妨！我并非鼓吹看不懂的就是好诗，恰恰相反，好的诗只是无法完全解读，但能意会又妙在不可言传；甚至你会认为那是心神荡漾后春风又送来怡情，是自己最隐秘恰切的思量。

素来以为对诗的理解，不仅关乎文艺修养，更是个人情感和生活经验的映照。既然诗关乎个体，自然就意味着隐秘的交集，敞开心怀接受就好，不必希冀是否与他人相同。如此想了，就鲜少在乎理解了多少，以及自己的理解是否与他人一致。诗是一种以文字的形式承载想象力又寄寓在想象里的不可具象的事体。既然要写诗评，总归是要行走在诗是“巨大的谜”这幽深之径。

人是矛盾体！日头下总是要求自己更合群，夜深人静时偶尔还会害怕过于独立。可人们明明知晓，失却了最初的个性，或许就失却了作为“无限多的少数人”（希梅内斯语）独特存在的证明。诗固然并非一切，但是只要敢于想象，它就会成为照耀在人们头顶的日光月华。坚固我们的心吧！切勿随波逐流，宁作溪涓汇集于深潭，在幽谧处积聚为自身的海洋。《自 1979 年 3 月》让我领受了诗之美，浩浩汤汤，不可名状！

晨鸟

［瑞典］特朗斯特罗姆
李笠　译

我叫醒挡风玻璃
被花粉覆盖的汽车。
我戴上太阳眼镜。
鸟声变得暗淡。

就在此时，另一个男人在火车站
巨大的货车附近
买了一份报纸。
锈得发红的车厢
在阳光下闪烁。

这里并没有空处。

一条寒冷的走廊笔直穿过春天的温暖
有人匆匆走来

说别人在领导那里
诬告他。

喜鹊从风景的一扇后门
飞来，
黑和白，地狱鸟。
黑鹂左右蹦跳
直到把一切弄成一幅炭笔画
但晾衣绳上的白衣服除外：
一个帕莱斯特里纳的合唱队

这里并没有空处。

太妙了，在抽缩之际
我感受我的诗如何生长。
它在生长，它占据我的位置。
它把我推到一旁。
它把我扔出巢穴。
诗已完成。

特朗斯特罗姆的诗总是会让我感受到无穷无尽的寓意，这是我爱他诗歌的其中一个原因。它们被搁置在我的床头，夜深人静时随手取来，总有一番别样情致。谁若阅读了《晨鸟》，就会相信我所言不虚。《晨鸟》全诗七节，大致可以分三个部分来理解，前两个部分较为细致地分说了为何“这里并没有空处”，最后一节以“诗已完成”来说明无容身处有诗言。诗无处不在！

无论是城市居民还是山野村夫，（尤其前者）现在很少能听到晨鸟啁啾。这是因为高速发展的经济使得现代生活对自然环境造成了极大的破坏。人们因此逐渐失去了人与自然和谐相处的生态观念和生态环境；仿佛夜有了无尽的投影，以致朝露和晨曦总是与我们失之交臂。睁开惺忪的眼睛，带着疲惫的心情，开始一天的行程，频频被各类嘈杂声惊扰。我们生活在一种社会生态并不平衡的现代文明里。对此，特朗斯特罗姆不无感慨：“鸟声变得暗淡。”此外，戴着太阳眼镜一说颇有意味，某种程度上既表示人与人之间的隔阂，又拉大了人与自然界的距离。第一节的大意即在于此。

第二节，无论是诗中之“我”抑或“在火车站／巨大的货车附近／买了一份报纸”的“另一个男人”眼中，世界依然还有许多未知等待着人们去发现；此时阳光恰如昨日，不停息地闪烁。这是另外一种社会生活。第三节，“这里并没有空处”显然是对前两节内容的否定。

从第四节到第六节，特朗斯特罗姆毫不隐讳地揭露了不良的人际关系。譬如：“有人匆匆走来／说别人在领导那里／诬告他。”还有物与物的悲喜交集。人类自古以来就是既可以像“黑鹂左右蹦跳／直到把一切弄成一幅炭笔画”般污浊地生活，又仿佛是宗教的信徒怀着纯洁的心灵合唱着田园牧歌。之后再次表明："这里并没有空处。"特朗斯特罗姆的诗极少重复使用诗句，因而此处特别值得注意。"这里"，意指人们的日常生活环境。"空处"，其意纷繁，我个人倾向于认为至少有以下两点含意：首先是晨鸟的落脚之地（也包括其他动植物的生存空间）；其次为心灵的栖身之所。综合起来，可以体会其中况味。

最后一节，就像已被搁浅的生活忽然际遇了海洋，变得海阔天空，再借由风，生命自此可以翱翔。晨鸟、诗和"我"三者已浑然一体，太妙了，各自都已完成。话至此，倏忽想起自己写过的一首诗，其中有一节是："九月下了一场七月的雨，叶子/和树还未道别，诗已完结。"（《诗与九月》）那时我万万不会想到，世间竟有如此相似的诗句。想来，诗句就这么多，看诗人如何拾掇。我爱极了特朗斯特罗姆的诗，虽然难以望其项背，却有幸可以高山仰止。

记忆看见我

[瑞典] 特朗斯特罗姆
李笠 译

六月的一个早晨，醒来太早
但返回梦中已为时太晚。

我必须出去，进入坐满记忆的
绿荫，记忆用目光跟随我。

它们是无形的，它们和背景
融为一体，善变的蜥蜴。

它们如此的近，我听见
它们的呼吸，尽管鸟声震耳欲聋。

《记忆看见我》是特朗斯特罗姆较为知名的诗。有两个我喜欢的翻译版本，一个出自北岛，另一个来自李笠。我此次选择的是后者的译本。《记忆看见我》由四个句子构成四节。诗在起首就交代了一些信息：六月的某日清晨，很早就醒来了。似乎做过梦，但梦已然消逝，以致记忆的尾巴如浮云般轻柔飘逸寻不到踪迹。

第二节，诗人说“我必须出去”。那么，从哪里出去呢？又为何必须？难道诗人囿于某种令人不快的情境，且希望可以逃离其间？我推想，这或许关乎梦及与之相随的记忆。《记忆看见我》是首极美的诗，其中一些句子可以让眼睛和心灵生发一汪澄碧的泉，昔日时光随之汩汩流出心间。

第三节，特朗斯特罗姆接着表述：记忆是无形的、善变的，仿佛迷幻的事物，使人分辨不清实质，一如“善变的蜥蜴”。我不免会想，所谓记忆（或梦），绝非仅仅关乎诗人一时的生活，而是贯穿他全部人生的整个历程。一个人当下的行为隐约投射了他的往昔，往昔又紧紧地尾随他至今时今日。因此明白了诗人为何说：“记忆用目光跟随我”，“它们如此的近，我听见/它们的呼吸”。诗到此处已是最后一节，但并未结束。

特朗斯特罗在末尾一行还不忘补充：“尽管鸟声震耳欲聋”。“尽管”在此作为一个连词，表示对某种事实情况的转折和让步。结合整个句子来理解，它加强了前面诗行的意味，记忆有条长长的尾巴，如影随形。这是诗的其中一层含义。此外，我意识到任何人都无法脱离过往的生命情状，并且人们极易被四周的一切影响，进而与大众生活呈现融合之态——恍惚间自我消遁、个性丧失。

恰如诗的题目“记忆看见我”，我也将给以回望，并践行初心。人的初心是什么？脑海中倏忽跃出“梦想”和“美好”！此刻我只能揣度特朗斯特罗姆也有这层含意。毕竟，诗无须解析且蕴藉又多义。

黑色明信片

[瑞典] 特朗斯特罗姆
李笠　译

一

台历已被写满，未来难测。
电缆哼着没有祖国的民歌。
雪落在铅静的海上。阴影
　　　　　　　在码头上格斗。

二

生活中，死亡有时会登门
丈量人体。拜访被遗忘。
生活仍在继续。但尸衣
　　　　　　　在无声中做成。

诗，是我们落地为生后怀想的昨夜星辰，也是今夜的。特朗斯特罗姆极为凝练的文字背后若隐若现着苍穹中那些你能想到的或想象不到的事物和意象。每每阅读他的诗，仿佛经历一次文字的冒险，而我得以险中求生。这让我情不自禁想起他第一部诗集的第一首中的第一句："醒，是梦中往外跳伞。"（《序曲》）一切的一切，从一组惊险的对比开始。

什么是"黑色明信片"？它又从何及为何而来？我总是喃喃自语提出疑问，然后再一门心思寻找答案。生活中人人经历的时光不同，得出的生活经验也就不同。因此对于这个问题，不仅疑问的方式、寻找的路径，甚至是否发出疑问本身都各怀各理，因而理解起来，难免有所差异。以我个人观点，黑色明信片好似冥冥之中存在却无法被我们掌控的事象。它也许是命运的操弄，或许为时间的流溢，抑或出于生活的席卷，总之特朗斯特罗姆对于时间的消逝怅然若失："台历已被写满，未来难测。"

"电缆哼着没有祖国的民歌。"当我们唱着民歌、小调、乡曲，与之相随映入眼帘的往往是家乡的图景。通常人们并不哀伤，因为被"祖国"包容在一个地域或概念里。而特朗斯特罗姆却写道：电缆哼唱的民歌是没有祖国的。那么我倾向于这样解读：人们面对的是某种意义上的"大同世界"（其实根本不会有真正意义上的大同或一体，世界永远不会融合为绝对的"同"或"一"。于此方面，我信奉中国古老的智慧"和而不同"），科技的发展使人与人、国与国似乎变得不再有距离。事实恰恰相反，心无所向，难有皈依；有些人甚至失去了家国土地的给养和政治上的庇护，带着民歌带着祖国在流浪。

无论是台历、电缆、雪还是阴影，它们的情状和结局都极度颓败。特朗斯特罗姆喜爱隐身于诗后，他所谈论的这些物之伤，实在是人之痛。

“生活中，死亡有时会登门 / 丈量人体。”谁都不会知晓那些偶然性是否必然性的一环。但人人都得经历那个火焰和泥土锻炼的过程——那个人生终将面临的必然一环——死亡。纵使具有通脱的心怀，此时依然不免感伤。“拜访被遗忘”，我深沉地思考过这个问题，在许多年前就开始。我谈论的不仅仅是墓前的鲜花，更是心与心的交集，也是实际的交往。而人生早已疏远，如那荒芜的花园。

“生活仍在继续。”是啊！不论我们如何行进，就算迂回，对于生命的长短而言，过去只能是越来越长，未来却越走越短。然而，没有什么可悲伤！面对人生最后的那个结局，生命中每一个鲜活、跳动的此时此刻是多么宝贵。这也是为何我会经常感喟：“途中的我简直不能洞悉！”“如此可爱的生命，要如何才能配得起这种珍贵！”

于天地而言，人何其渺小。我们的眼界根本不足以完全见识天地的广大，无非有一些前人给予的类似于人生定义或文字概念等的馈赠，我们走在一条自我设置的盲目的小路上。只有，往往只有当我们走到人生旅途的最后，才会明白生命是历程，明白生命是历险，早已途经了九死一生。那最后才打开的天眼，看到了怎样神性的光芒，你我暂时还没有答案。

倏忽又想起鲁迅先生说过的话：“真的猛士，敢于直面惨淡的人生，敢于正视淋漓的鲜血。”（《记念刘和珍君》）我深知生活是个弱肉强食的角斗场，这些缠斗有时并非来自具体的个人，更多的是来自周遭的氛围。作为一个自我心灵的守护者，无论面对昏昧还是柔光，我相信人们可以从容不迫，行走在时光的河床。《黑色明信片》是特朗斯特罗姆特意从过去寄向未来的信物，地址是对的，不知谁会收到，抑或说，不知谁不会收到。

对一封信的回答

[瑞典] 特朗斯特罗姆
李笠　译

在书桌底层抽屉我找到一封二十六年前收到的信。一封惶恐的信，我拿起它时它仍在喘息。

房屋有五扇窗子：明亮安静的白天在其中四扇窗上闪烁。第五扇窗对着黑色天空、雷电和风暴。我站在第五扇窗前。信。

有时，深渊在星期二与星期三之间扩展，但二十六年会转瞬消逝。时间不是直线，而是迷宫，如果你在适当的位置贴着墙，你会听到匆忙的脚步和话音，听到自己从墙的另一头走过。

这封信回答了吗？我记不得了，这是很久以前的事了。大海无数门槛继续漂游。心脏一秒一秒地继续奔跳，如八月的夜晚潮湿草丛里的蟾蜍。

那些未回复的信高聚在一起，像预示暴雨的卷层云。它们遮暗了阳光。有一天我将回答。那时我已死去，终于能集中思绪。或至少远离这里，从而重新发现自己。那时我刚抵达那座都市，走入125号大街，一条风中垃圾飞舞的大街。我，一个喜爱在人群中闲逛，消隐，沉入文本海洋的T。

《对一封信的回答》是特朗斯特罗姆所作的一首散文诗。散文诗内质完全是诗，归入散文诗一类，无非源于体量之大抑或作者刻意编排。所谓散文诗，概言之：貌似散文，神以诗美。倘若说得稍微细致点儿，就是：散文诗在形式方面虽然不太讲究分行和押韵，实际上却深藏音韵美和节奏感；在内容方面貌似有些庞杂，但只要厘清枝蔓，主干逐渐会显出“庐山真面目”，诗中含蕴也较好理解。然而，特朗斯特罗姆的散文诗，终究还是有些不一样。要想把握诗中要义，仿佛手里捧着流沙，一握紧接着一握倾泻而下。

这就又回归到了特朗斯特罗姆诗歌的一个典型特征——意象的凝练。既然凝练，自然就围绕着中心，层层包裹起来。如此这般，不易理解在所难免。因此许多人纵使费尽了心力，却未必能够读懂他的诗。

关于文本，《对一封信的回答》分了五个小段。第一段，描写了一封“在书桌底层抽屉”被时光尘封的信。诗人发现它的那一刻，貌似言物，实则写人，暗指自我心理状态；仿佛时间在追索，而他喘息难耐。第二段，道出了诗人所处的环境和当下的状态；总有事物让夜更夜，记忆和发肤越来越朦胧，流露出斑驳的影像。

第三段，恰如诗人言“时间不是直线，而是迷宫”。倏忽，我想起了博尔赫斯《小径分岔的花园》，时间具有一个个节点，在每一个节点上皆可发出另外的行为，且会织一张互相接近、相交或长期不相干的网。简而言之：时间的分岔虚构了一座迷宫。因而在记忆的宫殿，“二十六年”比上个“星期二与星期三”更为短促，也就不足为奇了。

第四段，时间是五花八门的棱镜，人的心理历程与过往经验何尝不是！一封被记忆尘封了 26 年的信，特朗斯特罗姆已然忘记是否回复。如同任何一种生物群体现象，人也具有较大的共性。但我深信人与人之间终究还是不同，个体生命有其特殊轨迹。此时，特朗斯特罗姆奉献了诗中美句：“心脏一秒一秒地继续奔跳，如八月的夜晚潮湿草丛里的蟾蜍。”

第五段，“那些未回复的信高聚在一起，像预示暴雨的卷层云。”看到此处，想来所谓“信”，已不仅仅指信件本身，还关乎对过往的追惜，以及彼时对未来的期盼，即任何我们经历的当下。诗中所谓“一封二十六年前收到的信”，大概是出于诗情所拟。即便有这么一封信，特朗斯特罗姆也只是正好借信说事。

想来，当诗人书写非常具体的事物，譬如“走入 125 号大街”，一定有所确指。遗憾的是，我并不了解特朗斯特罗姆所指的是什么。“我，一个喜爱在人群中闲逛，消隐，沉入文本海洋的 T。”我唯一可以肯定的是：最后句中之“T”，应该是 Tomas Transtromer，托马斯·特朗斯特罗姆自己。却无法知晓：这文本的海洋何以沉潜，这风中的信何以道（到）来……这人的海洋，这流溢的光……

我感到诗歌之美，恰如美人：时而惶惑，时而笃定；似清风一缕，若夜色撩人；美而不自知。人生忙碌，碌碌又何为？喜欢一首诗，就喜欢呗！

玛丽·奥利弗（Mary Oliver，1935—2019），美国女诗人，以书写自然著称。1935 年 9 月 10 日生于俄亥俄州枫树岭市，13 岁开始写诗。1962 年曾在英国伦敦工作。后又返回美国，定居在普林斯顿。奥利弗受到惠特曼和禅学的影响，常以自然、信仰和存在等为创作题材，诗句短小隽永又清新灵动，深具哲理且富有禅意。奥利弗长年隐居山林，时常书写山林野趣，被称为美国当代的“归隐诗人”。一生共出版十余本诗集。1984 年以诗集《美国始貌》获得普利策诗歌奖。1992 年，获得美国国家图书奖。

野鹅

［美］奥利弗
倪志娟　译

你不必善良。
不必跪行
一百英里，穿过荒凉的忏悔。
你只要让你温柔的身体爱它所爱的。
告诉我，你的绝望，我也会告诉你我的。
同时世界继续。
同时太阳和雨清澈的鹅卵石
正在穿越风景，
越过大草原，幽深的树林，
越过山脉以及河流。
同时野鹅，在洁净蔚蓝的高空，
正再次飞回家乡。
无论你是谁，无论多么孤独，
世界为你提供了想象，
召唤你，像野鹅那样，严厉并充满激情——

反复宣告
你在万物中的位置。

诗在我看来，隶属美学范畴，是诗学的基础，乃哲学不经意的产出；拖着长长的尾巴，盘踞在文学的巅峰。然而摒弃一切文字描绘，它终归是一种生活，一种略微神秘的生活。

奥利弗的诗给我的感受是，字词之间满是柔美、静思、澄明，散发着淡淡忧思和脉脉温情；颇具佛心，充满禅意。后来又阅读了奥利弗其他的诗。感觉她的诗歌特征大致可以概括为：热爱自然，着眼自然，书写自然，笔调自然。同时，在自然的外衣之下，除却看到些微陶潜“山气日夕佳，飞鸟相与还”与王摩诘“独坐幽篁里，弹琴复长啸”的影子，还有在这种影像之外以温和又铿锵形象出现的沃尔科特。

如果用一首诗来表达我此刻对奥利弗的感受，我会借用沃尔科特组诗《白鹭》第一首中的句子来阐述：“接受这一切，用相称的句子，/用镶嵌每个诗节的雕塑般的结构；/学习明亮的草地如何不设防御/应对白鹭尖利的提问和夜的回答。”显然，这一切描绘都不足以传达，甚至抵消了前文说的佛心和禅意，而又皆包含着不可说、说不尽的意味。

窃以为，诗人描写自然表达的绝不仅仅是自然，尽管有时与之相随的是各种风景，实际上往往连带民俗风情和人居环境等与人相关的事项。人居于自然，归属于自然，着笔于自然，无非是想在张弛有度的笔调下明志抒怀，以忘却、搁置，抑或潜藏人世纷扰。

毫无疑问，生活中总有一些人全情投入自然，与世无争。话至此，不免怪罪自己先前的话太武断。我所谓奥利弗的诗与事，无非是一孔之见，大家姑且听之。前文可算作我对奥利弗诗歌的一点综合感受。

《野鹅》没有明确分节，但从内在节奏来看，依然可以作为三节来理解，每一节都有值得反复回味的句子。首节“你不必善良”，对应的绝非邪恶，而是“你只要让你温柔的身体爱它所爱的”。在我看来，这是接纳自己最好的方式。无论是精神上还是肉体上，人无完人，可以追求精益求精，至于完美就不必强求了。第二节从“告诉我”开始到“正再次飞回家乡”结束，诗人好似一个情谊如溪涓般长流的友人，跟你细致道来：世界高远、天空蔚蓝，生活依旧如故，而你最好要对生活保持热情。这句话我们也不妨用以劝慰自身。

末尾一节有十分精彩的句子。人对万物的认知始于心灵，而心灵对事物的认知与理解始于何处，真是无从谈起。若非要说出一二，我恐怕会偏向于认为：心灵在最初时并未有十分清晰的意识，经过慢慢历练获得见识。这些见识可以被看作人们认识世界的价值观念。

人作为单独的个体存活于世，必然以他人的存在为依托，才有所谓我的世界。而我既大又小：大是较之于我本身，小是相较于世界。我与万物一起构成了世界。万物是我的坐标，我是自我的准绳。至此，耳边再次响起这隽永的沉吟："无论你是谁，无论多么孤独，/ 世界为你提供了想象，/ 召唤你，像野鹅那样，严厉并充满激情——/ 反复宣告 / 你在万物中的位置。"

约瑟夫·布罗茨基（Joseph Brodsky，1940—1996），美籍俄罗斯诗人、散文家。自幼受到良好教育，少年时便开始写诗，却一生坎坷，被迫走上流亡之路，最终定居美国。世间变化莫测，充满着荒谬，布罗茨基把诗歌视作唯一能与之抗衡的武器。诗人那些貌似不经意的文字下却常常涌动着一种深沉的情感，继而扩展、弥漫，散发出迷人的气息。布罗茨基的诗歌凭借丰富的主题和开阔的视野，使其得以迅速在世界诗坛崭露头角并且始终保有一席之地。主要作品有《荒野中的停留》《小于一》等。1987年，因“超越时空限制，无论在文学上及敏感问题方面，都充分显示出他广阔的思想和浓郁的诗意”而获得诺贝尔文学奖。

静物（节选）

[美] 布罗茨基
金重　译

死亡到来时，将摘走你的双眼
　　——切扎雷·帕韦泽

一

人和物拥进来。
眼睛会给擦伤，撞破，
被人，同样被物。
最好活在黑暗中。

我坐在木头长椅上，
望着行人
——有时是一家一家的人。
我已看够了光明。

这是一个冬月。
日历上的一个开端。
我要说话了
当我看够了黑暗。

二

是时候了。现在我就开始。
从哪里说起都一样。
张开嘴。最好还是说话，
虽然我也能够沉默。

那么我谈些什么？
我谈一谈虚无？
我谈一谈白天，或黑夜？
或人？不，只有物，

因为人注定要死。
所有的人。和我一样。
谈话全是贫瘠的交易。
文字写在风的墙上。

布罗茨基于1964被定罪为“社会寄生虫”，服刑18个月。1972年被剥夺苏联国籍并驱逐出境，短暂停留维也纳后移居美国。1987年因其作品“超越时空限制，无论在文学上及敏感问题方面，都充分显示出他广阔的思想和浓郁的诗意”而荣获诺贝尔文学奖。

关于布罗茨基，有一段令我特别感动的话。据说他在离开自己的国家时，给当时苏联最高领导人勃列日涅夫写过一封信，信中称：“我虽然失去了苏联国籍，但我仍是一名苏联诗人。我相信我会归来，诗人永远会归来的，不是他本人归来，就是他的作品归来。”

创作于1971年，即被驱逐出境前一年的《静物》为组诗，共10首，这次选用的是前两首，明显有着布罗茨基诗歌的特征，即那些表面的抒情和内在的智识统统指向人类生存境遇；他控诉的并非仅是自己眼见的现实，还有任何政治形态下都可能面临的人的本质与社会属性等自然生态和政治生态的诸多问题。

通常而言，诗名下若有副标题，或引用了某话语，那么这首诗的主旨便有迹可循。当然这并非定论，还得看具体名目。《静物》属于前者。最好先稍微了解切扎雷·帕韦泽其人及“死亡到来时将摘走你的双眼”这句话。说到此处，请不要因此悲伤，想来那并非布罗茨基写《静物》的初衷。不少诗人总是满面愁容，但其往往有着健硕的头脑。要知道，诗人为美而活，在得失之间心生彷徨，却始终不忘期盼。“满面愁容”与“为美而活”这种似是而非在他人看来或许觉得不可思议，然而诗人自有一套价值体系来契合自身。

诗的起始句，布罗茨基开门见山、滚滚而流地陈述“人和物拥进来”，紧接着表示所遇所感皆令人受伤，并建议“最好活在黑暗中”。我把后一句话的严肃性摘除，至于是否具有反讽的意味，可以从后文“我已看够了光明”管窥一斑。布罗茨基有着黑白分明的眼睛，如何就看够了光明？恐怕“光明”另有况味。

“这是一个冬月。”随着时间的推进，大雪冰封了谁人的嘴唇？布罗茨基好似风雨飘摇中矗立的灯塔，开始向来往船只传递明亮的信息。在此之前，他曾表明对虚无、对时间，或对人均无兴趣。尤其是人，“因为人注定要死”。众所周知，在天地造物上，除了人就是物（其实人也是物之一）。甫一看，还真以为布罗茨基把物的地位置于人之上。

然而仔细省察和揣度，反倒觉得：人的消亡也是“静物”之一种，其行迹或被时空湮没，或被后世观摩。而这种行迹很大程度上取决于语言，但并非口头交流，否则不可能有“谈话全是贫瘠的交易”这种话语。显然，文字的作用更胜一筹。“文字写在风的墙上。”文字作为语言的一种载体，可以较为忠实地反映当事者的思想和意图。而关于“风”，向来是一体两面。结合全文，可以试着这样理解：在传播上，风既有历史的纵深感（时间之久长）又不乏时代的宽度（空间之广大）；但在真实性上，它并不十分可靠。

人与同为生物的花朵草木一般，循环往复生长消亡。然而不同的是人有意识，时常寄希望于拨开历史的迷雾，在层层废墟之上建立自己价值体系和观念的建筑。尽管这一切好似海市蜃楼，但无论是对于建筑师还是经留此地的人，还不都是人生之一景！

《静物》原诗很长，因为仅仅截取了其中一小部分，加之我一向爱阐发，不免涣散，感到十之八九有断章取义之嫌。倒是诗中“风”的蕴意，不时呼啸过脑海，继而几次想起阿多尼斯为自己冠冕“做风的君王”和凌驾于人事更迭、万物生长之上的气度，这一切颇让我心安。

虽然布罗茨基整首诗中均未明确揭示“静物”的具体意义，我只是根据他诗歌一贯的风格特征倾向于认为其间包含敏感议题，因此有理由相信诗的背后有其深意：静物之所以为静物，在于难以表达自身。那么就要推倒旧的不合理的认知，建立自己意识形态的都会。你说，布罗茨基做到了吗？

物是人非皆“静物”，唯有风依旧。

阿巴斯·基阿鲁斯达米（Abbas Kiarostami，1940—2016），出生于伊朗德黑兰，是著名诗人，也是电影导演，伊朗新浪潮电影的灵魂人物之一，一生拍摄了22部电影，受到黑泽明、戈达尔等电影大师的一致推崇。阿巴斯的诗歌继承了波斯诗歌融合哲学与玄思的悠久传统，借以专注的视角和细致体察的方式，重新发现与认知这个精深幽微的世界。主要作品有诗集《一只狼在放哨》，电影《何处是我朋友的家》（1989年洛加诺国际电影节金豹奖）、《樱桃的滋味》（1997年戛纳电影节金棕榈奖）、《随风而逝》（1999年威尼斯电影节评委会奖）等。

一只狼在放哨（节选）

［伊朗］阿巴斯

黄灿然　译

黎明。
黑母马
生下的
白驹。

秋天第一道月光
射在窗上
震颤玻璃。

第一阵秋风袭来，
一大群叶子
逃进我房间里避难。

两片秋叶
把自己藏进

晾衣绳上
我的衣袖里。

雨天。
一把雨伞
被风摧折
在人行道上。

我从高山上
捡走了
三个麻雀蛋。
下山的路
好艰难。

影子跟踪我,
时而在前,
时而在旁,
时而在后。
多美妙啊
阴天!

今天,
像昨天,
一个错失的良机。

剩下的只有
诅咒人生。

喜欢读诗的人见到阿巴斯这个名字或许觉得有些陌生——这是哪里冒出来的诗人？喜欢看电影的人更会觉得奇怪，此阿巴斯如何会是彼阿巴斯——那名满天下的电影大师？坦率地讲，在阅读阿巴斯的诗集前，我只看过他的两部电影。

本诗译者黄灿然在诗集译后记中说，先前译希尼的诗因"规模之大"和"难度之高"像下地狱，"所以读阿巴斯就像回到了人间"，并且"翻译时的状态，就仿佛上了天堂"。我猜想，这并非全然因为翻译之易，而是其间感受到的扑面而来的意象之美。阿巴斯从小就受到诗歌的熏陶和滋养，对诗歌爱不释手。诚如阿巴斯所言："每当我祖母要抱怨或表达她对某样东西的热爱，她就用诗歌。"他本人何尝不是如此。因而，我们今日才会有幸看到这些称颂自然和褒贬生活的诗句。

诗歌《一只狼在放哨》出自阿巴斯的同名诗集。这本诗集有三个篇章，分别为：《一只狼在放哨》《随风》《风与叶》。每个篇章都是一首长诗，皆由长短不齐的小句子构成。不知是电影影响了诗歌还是诗歌影响了电影，抑或相互影响。总之，阅读阿巴斯的诗，可以参考观影方式——从文字看见图像，再从图像领悟真实生活。换言之，阿巴斯的诗，可作为诗歌的电影之旅。

因《一只狼在放哨》整首诗类似俳句形式，诗中所有小节都可单独成立意义。有些节与节之间相互映衬，构成更完整意群。我选的是诗中开头部分的八节。以自然现象为始，同时指明了时间；接续物与人的交集，即自然之中包裹着人的行旅踪迹；最后概括人类生活图景。

“黎明。/黑母马/生下的/白驹。”这是一个典型的省略了喻词（譬如像、仿佛等）的比喻句。它简明有力，能够透过现象看到本质。以上是诗选中的第一节。第二、三、四小节写到秋，尤其后两节，用拟人化的笔触描绘了秋叶萧瑟的命运——“一大群叶子/逃进我房间里避难”，以及两片不甘于与大多数秋叶命运相同的叶子“把自己藏进/晾衣绳上/我的衣袖里”。我情不自禁思忖：如果我们是叶子，那谁是树？我是那一大群叶子之一，还是那两片中的一片？

“衣袖”这一句，使我想起了特朗斯特罗姆在《牧歌》中“我持有遗忘大学的毕业证书，并两袖清风，就像晾衣绳上挂着的衬衣”那“两袖清风”的诗意。但阿巴斯在此（无论他是否愿意），更多的是以“自然之友”和“保护神”的角色出现。事实上，在社会层面，此处还可以挖掘更多况味。“雨伞”一节，“雨伞/被风摧折”的命运极具象征意味。“我从高山”一节，让我有了许多感慨：譬如行高处易，落低处难；譬如付出与收获是否均等与值得；诸如此类。

人说如影随形，往往比喻的是关系密切的人或事相互跟随，不离不弃。而阿巴斯说“影子跟踪我”。“跟踪”与“跟随”虽只是一字之差，却不能混为一谈。至少在此诗中，前者的动机不纯。瞧，诗人他在戏谑，说着反语：“多美妙啊/阴天！”加缪说过“他人是地狱”，但是在我看来，影子既是他人，某种程度上也是自身。（毫无疑问，加缪的这句“他人是地狱”之“他人”，意义非常丰富。我只是顺势想起，摘其一点皮毛，又加上一点浅薄的思考而已）因此，我时常感到，在人类已然经历或正在经历的所有社会形态中，人是人的戕害者，谁都难辞其咎。

最后一节，有我最喜爱的句子。阿巴斯表示：当下和过去已然是错失的良机。机已失，而时不再来，剩下的唯有……“诅咒人生”。假若人生就是一个错失的良机，难道我们就这样自怨自艾，活活等死吗？当然不！这就像我们从出生就在走向死亡，然而我们从未放逐过人生。

露易丝·格丽克（Louise Glück，1943— ），美国当代女诗人，出身于纽约一个匈牙利裔犹太家庭。先后就读于莎拉·劳伦斯学院和哥伦比亚大学，后在多所大学讲授诗歌写作。格丽克的诗作常以口语的形式借助死、生、性、爱和《圣经》题材，将自我个体经验转化为诗歌艺术，探索心灵的隐秘和世间的玄妙。著有诗集《头生子》《阿基里斯的胜利》《阿勒山》《野鸢尾》《草场》《新生》《七个时期》《阿弗尔诺》《村居生活》等。1993年获得普利策诗歌奖，2003年当选美国“桂冠诗人”，2014年获得美国国家图书奖诗歌奖。2020年，因其诗“那无可辩驳的诗意般的声音，用朴素的美使个人的存在变得普遍”而获得诺贝尔文学奖。

幸福

[美] 格丽克
柳向阳　译

他和她躺在一张白色的床上。
这是早晨。我想
很快他们就会醒来。
床头柜上是一只花瓶
插着百合；阳光
积聚在他们的颈部。
我看到他向她转过身
似乎在念着她的名字
但静静地，深藏在她口中——
在窗棂边，
一声，两声，
一只鸟鸣叫。
那时她翻个身；她的身体
充满了他的气息。

我睁开眼睛；你正注视着我。
几乎在这个房间上空
太阳正在滑行。
看着你的脸，你说，
一边让自己离我更近些
来做一面镜子。
而你多么平静。那只燃烧的车轮
在我们上空轻轻驶过。

阅读格丽克的诗集《直到世界反映了灵魂最深层的需要》后就会明白，她对于抒写“幸福”的笔调是多么稀奇。格丽克最常写的是对生活的犹疑，对爱的恐惧。可以想象，格丽克的《幸福》是怎样的诗。

幸福是什么？幸是“吉而免凶也”；福为“佑也”。（许慎《说文解字》）这是古人的解析。用现在的话来说，大概就是人的需求得到满足后产生的喜悦情绪或心理感受。我时常感到幸福！当我和友人说起缘由时，他们偶尔会表示不解：为什么这样的事也会让你感到幸福？是呀，为什么呢？其实这算不上一个问题。幸福无论从心理学、社会学，还是别的什么学看，都只是字面上的归纳，具体什么事情才会使人感知到切切实实的幸福，完全取决于个人的价值观念和精神需求。因此，若你想领受幸福，就请开动神经官能，听取自己的心声，抛开那些时常缠绕的哀伤。

《幸福》从分行上看，可以理解为两节。第一节，格丽克用宛如梦幻的笔触淡淡地描绘着“他和她”幸福生活的场景。依迹而行，在一个和煦的早晨，可以闻到阳光中百合花的馨香，看到爱人彼此相互融入，应和着“在窗棂边，/ 一声，两声，/ 一只鸟鸣叫。/ 那时她翻个身；她的身体 / 充满了他的气息”。这是多么美好的画面！可惜，格丽克本人并不“在场”。

第二节伊始，似乎就验证了前文说的，诗人只是做了一个梦，且是个白日梦。因为此刻太阳当空，正在快速滑行，由此可以推测时间。与此同时，“几乎”的使用，又让这件确定无误的事情蒙上了不可知的阴影。接着她写道：“看着你的脸，你说，/ 一边让自己离我更近些 / 来做一面镜子。”两人相互为镜，在彼此间找寻自身的影子，“而你多么平静”——“而”字仿佛丝绸表面的一处拉丝，是个隐含的小事故，因而可以知晓诗中之“我”并不平静。

紧随其后，“那只燃烧的车轮 / 在我们上空轻轻驶过”。那一轮红日使人毫无觉察在行进，既是指时光悄然而逝，恐怕也是表示对爱和生活的热情在逐步消退。若从全诗考量，与之对照的还有第一节那如梦似幻的积聚在颈部的柔和之光。两相比较，更是看出梦想与现实的区别。

这首诗给我的感觉难以言喻。虽然连空气中都弥漫着阳光的味道，悄无声息地洒落在爱人的心上，但是一切似乎又笼罩在“他和她躺在一张白色的床上”和“我想 / 很快他们就会醒来”的非我的、幻灭的情状中。人的内心极其复杂，当《幸福》跃然眼前，我不仅看到它构建了幸福的塔楼，且还感觉到它遗留着悬空之所（正是因为这样，幸福才显得弥足珍贵）。

这是种很难解析的心灵状态。幸好，我向来信奉万事皆有余地，文艺作品的高妙之处恰恰在于答而不露、溢而又隐。

诗

[美] 格丽克
柳向阳　译

傍晚时分，正如现在，一个男人俯身
在写字桌前。
缓缓地他抬起头；一个女人
出现，捧着玫瑰。
她的脸庞向镜子表面漂浮，
点缀着玫瑰花梗的绿色轮辐。

这是痛苦的
一种形式：后来，这清晰的一页反复地
在窗口浮现，直到它的纹路显露出来
像词语最终被墨水充满。

而我应该去理解
是什么把他们结合在一起
或与暮色紧抱的灰色房屋结合在一起，

因为我必须进入他们的生活：
这是春天，那棵梨树
披着一层薄薄的、娇弱的白花。

格丽克曾在诗中说过，我要告诉你件事情：每天人都在死亡。而这只是一个开始。《诗》与格丽克其他那些以“死亡居于核心”（柳向阳语）的诗作相比，虽然不算是最凌厉的，但也没有跳出诗人一贯的窠臼。因此在充满朦胧、美好情境的第一段后，我们会发现，诗人根本无意沉浸于此，转而用决绝的笔调写下“这是痛苦的 / 一种形式”这样哀伤、痛楚的句子。

这种急转直下的改变看似突兀，有些不可思议，却有迹可循。研读第一节，那些“点缀着玫瑰花梗的绿色轮辐”的美妙光圈的真正时空背景是什么？是“傍晚时分”与“正如现在”。格丽克不会无谓地浪费语词写些同样的句子，这是不同时空中的两人所处的两个时段：前者乃“一个男人俯身 / 在写字桌前”（那个捧着玫瑰花的女人出现）的时间，后者为诗人写作、感发的时间。

后来“这清晰的一页反复地 / 在窗口浮现”。原来这只是故事中的情节，那个在书桌上缓缓抬起头来的男人在窗口看到的女人，极可能是诗人创作出的影像，或他的怅惘而已。第二节，没有明显的主语。也许是那个男人的心理状态，也许是格丽克的笔下诗意，她所体味的生活的痛苦最终会“被墨水充满”。

第三节，“而我应该去理解 / 是什么把他们结合在一起 / 或与暮色紧抱的灰色房屋结合在一起”。诗人认为自己必须了解是什么使人们结合并在一个屋檐下生活，窃以为，她的潜台词或许是：没有爱，人们是如何安然度过余生的？而她的生活也将跟其他人一样。那么，这种生活状态又是怎样的呢？“这是春天，那棵梨树 / 披着一层薄薄的、娇弱的白花。”

宛若循环，好似对照：一个大概的时间对应一个确定的傍晚，一个缓缓抬头的男人与一个在镜子前（或窗前）漂浮的女人；他们结合在一起，和与之共存的灰色房屋；季节是充满生机的春天，开出的却并非灿烂的花朵。整首诗的抒写在虚与实、希望与失意之间转换，最后仿佛盈盈不堪重负，带着渺茫的希望归于平淡。

过度璀璨的事物，除却当下所具有的激情，往往经不起时间的洗练。我喜爱潜流，那些克制的、静谧的、缓慢的……暗流。我不会说格丽克也是如此，但可以想见，她的诗并不追逐浪漫和华丽，而是追逐诗的本真和生活的部分意义：犹疑和疼痛。此外，再回溯诗名《诗》和其间若即若离的爱情，其意义恕我无法总结，我愿意这么理解：诗和爱皆为美好生活的媒介，只是季候早已落梅点点。

夜徙

[美] 格丽克
柳向阳　译

正是这一刻，你再次看到
那棵花楸树的红浆果
以及黑暗的天空中
有鸟儿夜徙。

这让我悲伤地想到
死者再看不到它们——
这些事物为我们所依赖，
但它们消逝。

灵魂要怎样才寻得安慰？
我告诉自己：也许
它不再需要这些欢乐；
也许，仅仅不存在就已经够受，
和那同样艰难的是去想象。

格丽克手握一支墨迹重重的笔，诗中汩汩流出对生活的犹疑和对爱的恐惧。她被罗伯特·海斯赞誉为“当今写作者中，最纯粹、最有成就的抒情诗人之一”。但千万不要被“抒情诗人”几字遮翳，以为是一般的风花雪月聊以寄情。《夜徙》的译者柳向阳在诗集《直到世界反映了灵魂最深层的需要》代译序中就开门见山地表明：“露易丝·格丽克的诗像锥子扎人。扎在心上。她的诗作大多是关于死、生、爱、性，而死亡居于核心。”

格丽克这样的诗人，所谓抒情，恐怕抒的是冬之凛冽、秋之凋零或春殇之情。格丽克的《夜徙》，假若概括起来，一言以蔽之：一个秋天的故事。

素来以为：诗，为故事。只是有些故事讲得过于直白，而有些又太隐晦。《夜徙》无论从文字排布结构，抑或心理逻辑，还是内容呈现，与格丽克其他诗相比，不算难以解读，但也并非通俗易懂。其中之况味，在于它既有格丽克诗歌对生死追问的一贯性，又在表面的单纯中显出深邃的意蕴。明明为夜徙，诗中又指出是鸟儿因为季候而移动飞行。我为何偏偏说是秋天的故事？其实，我还暗指另一层意思：人生匆匆行旅，几乎已到达地平线那最终归宿的一隅——死亡之境。

且看第一节。花楸树非常美丽，在春夏绽开蓓蕾，于秋月结出圆圆的红果实。格丽克拟造情境，天空黑魅，“有鸟儿夜徙”。此时仿佛一幅满布着红与黑的风景画进入眼帘，而诗中之你（到底是谁？）一再静观天象般看其他物体夜行。由此及彼，宛若自我的生命清晰又不明。继而，格丽克写道：

这让我悲伤地想到
死者再看不到它们——
这些事物为我们所依赖，
但它们消逝。

每个人都是个体，有着独立的灵魂，灵魂中却隐含着无数人的身影。换句话说，你中有我，我中有你。由此可以想到，诗人说以上这番话就不足为奇了。此时的你我已悄然过渡到我们。我们之所以为死者伤悲，是因为他们与我们有相似的来路和终将相同的结局。简而言之：我们在他人的故事里，理当感同身受。

第三节时，格丽克疑惑不已："灵魂要怎样才寻得安慰？"她得出的答案是："我告诉自己：也许 / 它不再需要这些欢乐；/ 也许，仅仅不存在就已经够受，/ 和那同样艰难的是去想象。"当我们告诉自己某事时，往往是经由一系列追索之后，既发现了世间的脆弱，又感知到了理解这些脆弱必须借助理性，以及由此生发的坚韧个性。我会把这种韧性（无论是它得出的结果，还是整个求索的过程），当作是对理性的褒奖。然而，诗人必须具有强不可抑的感性认识。只有这样，才能在逻辑之外，臆想一片诗的天地。

鉴于此，就不必在意格丽克（也包括我）是否做出具体解析。想象之外，那些似曾相识又无法触及的事物值得期许。关于此诗，我愿意与格丽克一道，把人生看作鸟之夜徙、海之潮汐，而夜的灵魂不朽，对秋日不时追问。

亚当·扎加耶夫斯基（Adam Zagajewski，1945—2021），波兰诗人、小说家、散文家。生于利沃夫（今属乌克兰），出生后即随家人迁居格利维采，毕业于克拉科夫雅盖沃大学哲学系。20世纪60年代成名，是“新浪潮”诗歌的代表人物。1982年移居巴黎。曾在美国多所大学执教。扎加耶夫斯基的诗作由早期的关注不合理的社会制度与秩序，到后期逐步达成对世界的谅解进而转向对上帝的亲近，既直面当下、“反讽”现实人生，又回顾社会历史、具有“柔和之光”。总体上，其诗文饱含智性与思辨，富于洞见。著有诗集《去利沃夫》《神秘主义入门》《无止境》《永恒的敌人》《无形之手》等。2004年，获纽斯塔特国际文学奖。

试着赞美这遭损毁的世界

[波兰] 扎加耶夫斯基
李以亮　译

试着赞美这遭损毁的世界。
回想六月漫长的白昼，
野草莓、滴滴红葡萄酒。
那井然有序地长满
流亡者废弃家园的荨麻。
你必须赞美这遭损毁的世界。
你见过那些漂亮的游艇和轮船；
其中一艘，漫长的旅途在前头，
另外的，带咸味的遗忘等着它们。
你见过无处可去的难民，
你听到过行刑者兴高采烈地歌唱。
你要赞美这遭损毁的世界。
记得我们在一起的时候，
在一个白色房间里，窗帘晃动。
回想中重返乐声骤起的音乐厅。

在秋日的公园你收集橡果，
树叶回旋在大地的伤口。
赞美这遭损毁的世界吧，
和一只画眉鸟遗落的灰色羽毛，
以及重重迷失、消散又返回的
柔和之光。

扎加耶夫斯基可说著作等身，不仅以诗歌名世，同时也是一位小说家、散文家、翻译家。近年来，他的作品相继被翻译成英、法、德、西班牙等多种语言，他是诺贝尔文学奖的有力争夺者。自从买了扎加耶夫斯基的诗集，我总是手不释卷。苏珊·桑塔格评价扎加耶夫斯基的诗歌时就说过："这里虽然有痛苦，但平静总能不断地降临。这里有鄙视，但博爱的钟声迟早总会敲响。这里也有绝望，但慰藉的到来同样势不可挡。"对此，我深以为然。

米沃什也毫不吝惜语词，对自己的这位同胞大加赞誉："历史和形而上的沉思在扎加耶夫斯基的诗中得以统一"。我想，这种历史和形而上，并非仅仅指涉关乎某个国家或某段历史的沉思，而是从世界的整体、大的宇宙观来看待人间万象，若用中国古老的哲学来描述，可谓之大道无形。这种借助诗意的语言来阐发人类历史与冥冥苍穹命运纠葛的手法，实在不可谓不高明！

大凡重在观念的传递和抒发的诗歌，在物像与意涵共在的状况下，文字的表述会相对直观。《试着赞美这遭损毁的世界》

即是如此。诗名不仅是起首句，也是全诗的主旨。那么就从这里开始漫谈吧。

当人们说“试着”，往往意味着面对的并非易事，但最好还是要做，否则结果可能更糟糕。譬如你见过流亡者的废弃家园，“你见过无处可去的难民，/ 你听到过行刑者兴高采烈地歌唱”，然而，你必须赞美这遭损毁的世界，否则你将面对满目疮痍，那“带咸味的遗忘”恐怕会像阿多尼斯的诗句：“遗忘有一把竖琴，/ 记忆用它弹奏 / 无声的忧伤。”

“赞美”，即称赞事物的美好，是一种积极、肯定的表达方式。最关键是这种表达要发自内心。既然要发自内心，就需要有发现美的眼睛和深切真挚的感情。那么在诗和生活中，自然就会有我们要去发现的美。谁不会追忆“在一个白色房间里，窗帘晃动”，恰闻“乐声骤起”，而我们多么相爱。

“这”，不是那，表示就在我们四周，在一个触手可及的范围。涉及我们的亲友和此刻脚下的大地。啊！伤痕累累的大地，炭灰色命运的大地。“遭”是被动词，词后接踵而至的多半是不好的际遇。“在秋日的公园你收集橡果”，与“树叶回旋在大地的伤口”不期而遇。“损毁的”，无非人、物。物的损毁表现为残破，将灰飞烟灭；人的损毁实乃情感的挫伤，也是生命的消亡。“世界”是个广大的概念，既可以是苍天黄土——一个地理名词，也是世间万物——一个抽象概念。

要如何才能做到像扎加耶夫斯基那样面临着破败的世界，却能给予赞美？他的诗在抒情的同时有着劝诫的意味，这何尝不是他的苦心孤诣。窃以为，心中有美才能感知到美，感知到

“一只画眉鸟遗落的灰色羽毛”的轻盈之美；心怀慈悲才能遇见“重重迷失、消散又返回的／柔和之光”。我总在想，哀愁和愉悦受外物影响，但是根基在内象，即心灵的视域。当人类无法弃绝杀戮和斗争，那么唯有从自身出发休养生息，慰藉心灵。因此，纵使我们背负破败的家园，面临生存困境，依然要试着远离仇恨，宽容残缺的世界；依然要看到光和亮，赞颂爱与美，使心灵蒙受天地万物的恩典并因此散发出光芒。

扎加耶夫斯基少有甜美的诗。这首据说是为“9·11”而作的《试着赞美这遭损毁的世界》即便写着“回想六月漫长的白昼，／野草莓、滴滴红葡萄酒”这样完美又甜蜜的句子，却是以过去式“回想”来展现的。紧随其后的是：“那井然有序地长满／流亡者废弃家园的荨麻。”而我之所以喜爱这个悲伤的诗人，是源于他对这个几乎人人非身即心流离失所的世界，怀着巨大的爱和怜悯。这首诗从放下伤痛“试着赞美”，到尽其所能“你必须赞美”，再到你自己感到“你要赞美”，循序渐进最后归于平淡，无须更多理由，发自内心“赞美这遭损毁的世界吧”。因为活在这世上，就是上苍赐予个人最大的恩典。

阿姆斯特丹的机场

——纪念我的母亲

[波兰] 扎加耶夫斯基

李以亮　译

十二月升起，压抑的欲望
在黑而空的花园，
树上的锈和浓浓的烟
仿佛谁的孤独在燃烧。

昨日漫步我再次想起
阿姆斯特丹的机场——
不带房间的狭长走廊，
充满其他人梦想的候机室
被厄运弄脏。

飞机几近愤怒地撞击
水泥地面，饥饿
如未捕捉到猎物的老鹰。

你的葬礼也许应在这里举行
——熙熙攘攘的人群，
一个未被选中的好地方。

有人不得不照看死者
在机场巨大的帐篷下。
仿佛我们又成了游牧民；
你身着夏装向西游逛，
惊异于战争和时间，
腐烂的废墟，镜子
映现一个渺小、疲惫的生命。

在黑暗里最后的事物闪亮；
地平线，刀子，每天升起的太阳。
我在机场为你送行，闹哄哄的
低凹处，有廉价的眼泪出售。

十二月升起，甜蜜的橘子；
没有你，不会再有
圣诞节。

薄荷叶平息着偏头痛……
在餐馆里你总是
花最长时间研究菜单……

在我们苦修者的家里
你是健谈的女主人，
却那样安静地死去……

年老的神父会念错你的名字。
火车将停在林子里。
黎明时分，雪将飘落
在阿姆斯特丹的机场。

你在哪里？
在记忆埋葬的地方。
在记忆生长的地方。
在橘子，玫瑰，雪埋葬的地方。
在灰烬生长的地方。

《阿姆斯特丹的机场——纪念我的母亲》这首诗不难理解。诗人扎加耶夫斯用相对浅显的文字淡淡抒怀，字里行间却流露出对母亲的不舍和依恋。说“浅显的文字”，并非指文字本身没有深度，而是指较为容易理解。扎加耶夫斯就像在写小说（一个以事实为基础的哀戚的故事），他指明了时间（十二月和黑色的冬）；道出了地点（阿姆斯特丹的机场和过去与母亲相处时所在的地方）；诗歌涉及了人物（诗人与母亲）；讲述了故事（与母亲永别及忆其生前往事）。

首句一出，就可清晰获知诗人的心情：冬的来临，仿佛黑色的记忆中飘荡着一个萧瑟的无来由的灵魂——诗人在追思已逝世的母亲。母亲既是平凡者，又是伟大人物。她们是历史的创作者。她们诞下权威，生产诗意，养育平庸；她们是罪恶的同谋，又是慈悲的化身。这是社会观察者视角下的母亲。若以家人的角度切入，对于母亲的角色，多半会如此表达：爱是她的天职，且母性的光辉与生俱来。

再来说诗。扎加耶夫斯基描写了阿姆斯特丹机场的各种情境。与前面使用的那些沉重、阴郁的词汇相比，下文的表达忽然激烈起来，譬如梦想的候机室被厄运弄脏，飞机是愤怒的。而后诗人用“你的葬礼也许应在这里举行 /——熙熙攘攘的人群，/ 一个未被选中的好地方”与“你是健谈的女主人，/ 却那样安静地死去”两句比照，由此更加显露出母亲在孤寂中与世辞别的落寞。扎加耶夫斯基无不介怀母亲生命的际遇。可是人已西去，他们母子再也没有机会相遇，这是多么无望的事呀！

我没有去细查扎加耶夫斯基母亲逝世的细节（其实应该那么做的），因此不知道她埋葬的地点与阿姆斯特丹机场有何关联，只能大致从诗歌文本中领会诗的意义。

扎加耶夫斯基追忆母亲，没有堆砌辞藻，只是在平常行文中细数了母亲留下的各种昔日影像，那些充满柔光又历经波折的生活，以及母亲“身着夏装向西游逛，/ 惊异于战争和时间，/ 腐烂的废墟，镜子 / 映现一个渺小、疲惫的生命”。最后这句，尤其撞击我的心，这是一种硬生生使人疼痛的形象。在这一节里，“仿佛我们又成了游牧民”这句话特别值得注意，“仿佛”

虽然不代表现实，“又成了”却证明曾经发生过，游牧民意指无家（国）可归。而其后用了分号——前后两句无论是并列关系还是因果关系，“游牧民”和“渺小、疲惫的”母亲都隐约映照出一种流亡者的形象。

扎加耶夫斯基通过进一步的描绘，一个闪着微光的母亲的形象跃然眼前。每个母亲都有一套自己的家庭哲学，包括那些偏方、菜谱。无论是从健康的角度还是勤俭持家的方面加以考虑，诗句背后隐含的是母亲对于家庭和孩子的爱。不知是因为母亲不曾获得宗教庇护，抑或其他原因，诗人认为年老的神父会念错母亲的名字。同时他也期盼，天空会用洁白的绸缎舒展母亲的灵魂。

谁的母亲都会“远走”，谁最终都会与对母亲的依恋挥手作别。写这篇诗评时正是母亲节前夕，之所以写，不是为了哀叹生命的消亡，而是为了更好地去爱。生命是一条不归路。人从出生伊始就在走向死亡，然而依旧在生命的热望中，走向不可知却寄予无限可知的迷惘。我从不神圣化任何事物！如果可以，唯一会神圣化的就是生命本身。

虽然个体生命犹如溪涓，终将点滴汇入汪洋大海。但我们永远都会追索人生的根源，那便是母亲的意义。且看时光尽处，依旧河有源头，命有脉象，爱无止境。扎加耶夫斯基提出疑问又做出回答。母亲，你生生不息，是可以着落灵魂的大地，是化为灰烬后春风吹又生的希冀。

我工作的房间
——给德里克·沃尔科特

[波兰] 扎加耶夫斯基
李以亮　译

我工作的房间是四四方方的
犹如半副骰子。
一张木桌,
一幅农夫侧面肖像,
一把松松垮垮的扶手椅, 一只茶壶
噘着哈布斯堡王朝时代的嘴。
从窗口我望见几棵枯瘦的树,
几丝云彩, 几个总是
快乐而喧闹的儿童。
有时候, 挡风玻璃在远处闪烁,
或更高处, 一架飞机银色的外壳。
显然, 当我工作, 当我
在地上或空中寻求冒险的时候,
别人也没有浪费时间。
我工作的房间是一只照相机的暗盒。

而我的工作是什么——
静静地等待，
翻动书本，耐心地沉思，
无法满足裁判者
贪婪注视的消极。
我缓慢地写作仿佛我会活上二百年。
我寻求不存在的形象，
如果存在，它们也是打皱的、隐蔽的
如夏天的衣服，
在严寒刺痛嘴唇的冬天。
我梦想完美的入定如果我找到它
我愿意停止呼吸。
也许是好的，我仅做完了这么一点点。
而我毕竟听到了第一场雪嘶嘶的声音，
天光微茫的旋律，
以及城市阴郁的隆隆之声。
我从一眼小小的源泉饮水，
我的渴超过了海洋。

每每想起扎加耶夫斯基的诗，“柔和之光”便会萦绕在我的脑际。这几字出自《试着赞美这遭损毁的世界》。正是因为这首诗，我强烈地感受到了扎加耶夫斯基诗歌的无穷魅力。之后一发不可收，把他的诗读了又读。扎加耶夫斯基以“我工作的房间”为名，实则寄情于德里克·沃尔科特。想来，心胸开阔的诗人会为自己欣赏的诗人赋诗，以表钦慕之情。这是纯然的友谊。

《我工作的房间》全诗共 13 个句子。第一句，“我工作的房间是四四方方的 / 犹如半副骰子”，统合了整个房间的形态。某种意义上，此处也可以被看作命运的投掷，不知结果如何。二、三句分别以罗列实物的方式（一张木桌，一幅农夫侧面肖像，一把松垮的扶手椅，一只噘嘴的茶壶；几棵枯瘦的树，几丝云彩，几个快乐而喧闹的儿童）描述了房内的布置和屋外的光景。这些描述朴实无华、不事雕琢，却寻常自在、天然成趣。其中，也暗含着一丝惨淡。

接着扎加耶夫斯基表述“有时候”日子如何行进，之后句子落在：“显然，当我工作，当我 / 在地上或空中寻求冒险的时候，/ 别人也没有浪费时间。”到此处为止，诗的第一部分，即我工作的房间的实物描绘和因之感发的情愫告一段落。

随后进入诗的第二部分。扎加耶夫斯基用了一个非常精妙的比喻——“我工作的房间是一只照相机的暗盒”——来表明自己工作的不确定性。之后，扎加耶夫斯基细数了在这房间中的诸多工作及他所渴求的事物。其中我最喜欢且感同身受的是第八至第十句。第十句尤其美：“我梦想完美的入定如果我找到它 / 我愿意停止呼吸。”

作为一个诗人，我深切体会到不合时宜是多么需要勇气又多么必须；时光河流的缓慢与湍急有时只与自我有关，不必寻求共识。如何度过人生，寻觅那存在又“不存在的形象”，完成心中所想，其实谁也没有答案。倏忽想起自己曾在诗中写过：“人人皆是坐卧而起，／又终归／躺成地平线。”我想，在躺成地平线（意指人的消亡）之前，要做点诗人的本分之事——尽量写出可以让自己安然入定的诗。扎加耶夫斯基实在谦逊，表示“我仅做完了这么一点点”。在用一个结语似的句子概括之后，转而用一种“幸存者”的语气道出心中所想：我毕竟轻踏过初雪和聆听过天光迷漫的夜音，“以及城市阴郁的隆隆之声”。以上是诗的第三个部分。

《我工作的房间》宛如多声部的人生剧目。在平铺直叙实体后，渐入意识佳境，再蜿蜒回转心意，最终登高望远、俯览人生。扎加耶夫斯基的这首诗，高超处既在致敬他人，又在不动声色展示自身（无论他刻意为之，还是文采流溢）。尤其末尾一句“我从一眼小小的源泉饮水，／我的渴超过了海洋”，恰似风中飞花又仿若诗中流泉，着落在人的心眼间。

自画像

[波兰] 扎加耶夫斯基
李以亮　译

在电脑，铅笔，打字机之间
半日过去。有一天半个世纪也会过去。
我生活于陌生的城市，有时和陌生的人
就我陌生的事情聊上几句。
我听大量的音乐：巴赫，马勒，肖邦，肖斯塔科维奇。
我看到音乐里的三种元素：脆弱，力量，和疼痛。
第四种没有名字。
我阅读诗人，活着的和死去的，他们教给我
固执，忠实，和骄傲。我试图理解
那些伟大的哲学家——通常却只是抓住了
那些精致思想的碎片。
我喜欢在巴黎的街上作漫长的散步
看着我的同类生物，为嫉妒，
愤怒，欲望而跃跃欲试；追踪一枚银币
从一只手传到另一只手，逐渐

失去它的圆形（皇帝的侧面像被磨损）。
在我身边，众树什么也不表达
除了一种绿色，漠不关心的完美。
黑色的鸟在田间踱步，
耐心等待仿佛西班牙寡妇。
我已不再年轻，但总有人比我更老。
当我停止存在，我喜欢深沉的睡眠，
喜欢在乡间，把自行车骑得飞快，看房屋和白杨
像积云，在晴天消散。
有时候我置身博物馆，那些画开口对我讲话
嘲讽，突然间无影无踪。
我爱凝视我妻子的脸。
每个星期天我给父亲一次电话，
每隔一个星期我和朋友们见一次，
以此证明我的忠诚。
我的国家从一种邪恶里自新。我盼望
另一次解放接踵而至。
对此，我能有所作为吗？我不知道。
我真的不是这大洋的孩子，
如安东尼奥·马查多写他自己，
而是空气，薄荷和大提琴的孩子，
而这高尚世界所有的道路
并非都与迄今属于我的生活
交叉而过。

《自画像》就如扎加耶夫斯基大部分其他诗歌一样，不算特别难解析。这是因为早在 20 世纪 70 年代，扎加耶夫斯基就加入了波兰克拉科夫“新浪潮”的阵营。他们不伪饰也不修饰生活，“呼吁写作要摆脱隐喻，要求回归到语言的‘可信性’，反对使用虚假捏造的语言，恢复语言的真实性，不做虚假的现实主义者”（黄礼孩语）。

换言之，扎加耶夫斯基作为这一派别的成员，必须直接且全面地介入生活，以此为基础，真实且深入地刻画生活。一旦摒弃更深藏的隐喻，一首诗要写得好，就必须写出新鲜又真实可感的事象。此时，唯有一双敏锐的眼睛和一颗敏感的心才能够重新发现生活，再借助一支直击心灵的笔，写出人世沧桑及它所回返的柔和之光。

《自画像》严整一体不分节。但在理解时，要有内在节奏。我把它大约分为三个部分。首先，诗人依次从时间、地点、文艺（音乐、诗歌、哲学）、城市（喜好、欲望）、大自然、乡村这些略显沧桑的事物中反映当下生活：“在电脑，铅笔，打字机之间 / 半日过去。有一天半个世纪也会过去。”时间恍惚而至，又恍惚而逝，似乎顷刻之间，诗人已年过半百。于陌生城市，看陌生的人，听不同时代、不同地域、不同风格、不同意趣的音乐，感到生命的“脆弱，力量，和疼痛。/ 第四种没有名字”。

“我阅读诗人，活着的和死去的”，作为一个诗人，阅读其他诗人的诗歌是再平常不过的事，扎加耶夫斯基也不例外，并且继承了诗人“固执，忠实，和骄傲”的使命（希望这些词在当今依然具有荣光而非反讽的意味）。伟大哲学家的“那些精致思想的碎片”，仿佛珠玉般完美融合于扎加耶夫斯基那些镶嵌画般的诗歌。它们不显山露水，但是它们的确存在。

在城市生活与田间阡陌之间，扎加耶夫斯基做了一个对比。虽然他没有直接展示，但用语情境悬殊，大为不同。一方是迫害和欲望（“巴黎的街上作漫长的散步 / 看着我的同类生物，为嫉妒，/……追踪一枚银币 / 从一只手传到另一只手”），一方是天真和纯净（“喜欢在乡间，把自行车骑得飞快，看房屋和白杨 / 像积云，在晴天消散”）。这是一种复调旋律，犹如巴赫的音乐。实际上，这种旋律始终回荡在这首诗中。

这首诗精彩纷呈，“众树……漠不关心的完美”和“黑色的鸟……仿佛西班牙寡妇”两句尤其如此。绿色作为秋瑟、冬歇之后，生命再次繁茂的证明，参与四季轮回。但它静默如初，仿佛世间不曾变化，它也不曾喟叹。绿色还象征和平与美好的愿景。可惜的是，某种意义上，它从未实现。因而就不难理解扎加耶夫斯基说的“漠不关心的完美”。顺势而下，他用“黑色的鸟”在田埂上来回踱步，比喻“西班牙寡妇”那种对生活无望的期盼和无奈的接受。至此，我感到世间有些美，恰如此诗，在不动声色中平铺直叙，冷不丁令人颤抖。

其次，扎加耶夫斯基回顾自身，不无感喟：“我已不再年轻，但总有人比我更老。”人必将消亡，如烟云飘散。在这一刻到来前，他写出了自己的期待，又借此回忆了令人向往的生活。在讲到爱人、亲人和朋友时，扎加耶夫斯基的文字继承了前文提及的诗人们教给他的三种高贵的品质。它们是另一种复调，不停地奏响他人生的乐章。至于命运多舛的波兰，他对自己在这个国家能否有所作为也疑虑重重，表示并不知道。

最后，扎加耶夫斯基又从更大视域回到自身，反映大半生的颠沛流离。“我真的不是这大洋的孩子，/ 如安东尼奥·马查多写他自己，/ 而是空气，薄荷和大提琴的孩子”。安东尼奥·马查多是西班牙著名诗人。关于颠沛流离，扎加耶夫斯基 1979—1981 年在德国柏林，1982 年又移居法国巴黎，1988 年到了美国休斯敦。《自画像》写成于 1997 年或之前，那时他的确游离于西欧与北美。2002 年才重返波兰克拉科夫。

我一向认为，扎加耶夫斯基的诗宛如多声部的人生剧目，跌宕起伏，反复回旋。如我心中的音乐，缓慢而激荡，愈加显露出一个孤寂又明亮的形象。但我有个问题，这难道仅仅是扎加耶夫斯基一个人的“自画像”？

漫游者

[波兰] 扎加耶夫斯基
李以亮　译

我走进车站的候车室。
没有一丝风。
　　　　　我的口袋里有一本书，
某人的诗集，灵感的踪迹。
入口处的长椅上，两个流浪汉和一个醉鬼
(或者是两个醉鬼一个流浪汉)。
长椅另一头，一对上了年纪的夫妇，非常优雅，坐着
凝视头顶某处，朝向意大利和天空。
我们总是被区隔。人类，民族，
候车间。
　　　　我停留一会儿，
不知道我应该加入哪一边
受罪。
　　最后，我在中间坐下
并开始读书。孤身一人但我并不孤独。

一个并不漫游的漫游者。

启示

忽闪又熄灭。呼吸的重山，接近
山谷。区隔仍在继续。

扎加耶夫斯基的诗歌一团柔和，又绵长；很是遥远，却光芒不减，深切地影响了我对诗歌的认知以及相关的阅读习惯。《漫游者》这首诗，表面由充满温暖和柔光的文字铺就，底下却是深深的海水。事实上，同一个诗人的诗（尤其是同时期大部分的诗）内质几无区别。因为他的所思所想全部来自长久以来驻留于内心的价值观念，而这种价值观念会深契在每一个文字，甚至每一个标点中。

《漫游者》全诗 19 行，大体上可以分以下几个节来理解。前四行，我、候车室、风、书，交代和勾勒了整首诗的前情和背景。诗中之“我”是一个与诗为伴的人，几乎处于窒息的环境，前途未卜而又必须奔赴下一程。

接下来的四行，是一组对照（一对老年夫妇与三个流浪汉或醉鬼）。这一节至少可以从以下几个方面来考量：由外在形貌联想到两者经济状况、生活处境、社会地位等的悬殊；由年龄差距联想到过去与现在的时空间隔；由关切点的不同联想到有无信仰以及信仰的不同；由人数对比联想到美好品性消逝而终将不复；诸如此类。

我说年龄差距以及关切点，绝非空穴来风。下文写“一对上了年纪的夫妇……”，试想上文若写“两个年轻的流浪汉……”——这不是中国古代格律诗，没有必要对得工整。有时刻意为之反倒不美了。“凝视头顶某处，朝向意大利和天空”也是同理，按一般理解，醉汉自然是“瘫倒”在长椅上，且“目光茫然，不知所向”——幸好没这么写，否则又是多此一举。这让我想起冷军的超现实主义画作，为了纤毫毕现，一笔一画不能落下。当然这种艺术表现手法属于另一种美。只不过，并非扎加耶夫斯基的手笔。

在前面八行做了足够的铺垫后，下面五行（及之后的句子），扎加耶夫斯基开始切入此诗的关键问题：“我们总是被区隔。人类，民族，/ 候车间。”他知道，无论加入哪一边都将“受罪”。在略微迟疑之后，决定坐在中间，宛如一个智者，心境澄澈：“孤身一人但我并不孤独。/ 一个并不漫游的漫游者。/ 启示 / 忽闪又熄灭。”在我看来，他不左不右、不偏不倚，仿佛坐拥了世界的中心，纵向前行，在诗意的巅峰里落幕。

《漫游者》整首诗用词都较为知性，从最后的文字所呈现的状态更可见，扎加耶夫斯基无意煽情。而此时此刻正在书写这段文字的我情不自禁地思量：人生是条笔直的竖线，人生从未有过十字路口。人与人区隔与否、理解与否，不必强求。生命短暂，很快你我“呼吸的重山，接近 / 山谷”，生命终将湮没在历史的洪流。如是想来，就开心地度过眼前的每一天吧！

维贾伊·瑟哈德里（Vijay Seshadri，1954— ），印度裔美国诗人。生于印度班加罗尔，5岁随家人移居美国，在俄亥俄州哥伦布市长大。曾在太平洋西北地区度过5年的捕鱼和伐木生涯，后于纽约哥伦比亚大学攻读中东语言和文学博士课程。曾做过《纽约客》《纽约时报》等刊物的编辑、随笔作家和书评人。获得过纽约艺术基金会、国家艺术基金会、古根海姆基金会的资助。著有诗集《野生动物王国》《长草甸》《三部分》等。《长草甸》获得美国诗人学院詹姆斯·劳克林奖，2014年《三部分》荣获普利策诗歌奖。

虚数

［美］瑟哈德里
远洋　译

宇宙毁灭时剩下的那座山
不大也不小。
大小是

比较的分类，还有什么
能够与宇宙毁灭时剩下的那座山
做比较？

意识观察着，并平息了。
灵魂爬过碎石堆。
灵魂，

像负一的平方根，
是一种有其用途的不可能。

我在看《虚数》之前，不曾接触过瑟哈德里的诗作，对他颇为陌生。事实上，在 2014 年，他已获得了普利策诗歌奖，是第一个获此奖项的亚裔诗人。了解一个诗人，他的家庭背景、社会地位、教育程度等固然重要，但我往往更愿意关注个人风格和写作特征。当然，后者的形成与前者息息相关。只简略看过几首瑟哈德里的诗，绝不敢贸然表示了解其人其诗。根据远洋的观点，“他是一个深具独创性的诗人，风格奇特，思致深邃，冷峻而细密，以个体直觉经验探索生死轮回的奥秘”，在不动声色的客观描述之下，“潜藏着诙谐、幽默和智慧”。

此外，通过《虚数》这首诗，我还获得了一些信息，那就是空气中满布着绝妙的玄思与虚空。与此同时，想起 17 世纪以多恩为代表的“玄学派”。他们往往喜爱嫁接和组合几种意象截然不同或一般观念之外的事物，进行思辨或说理，以表达诗情。感觉瑟哈德里至少在《虚数》里，有这番才思和趣味。譬如首节：“宇宙毁灭时剩下的那座山 / 不大也不小。”

诗被接纳和理解的关键既在于文本自身，又在于所经验之人，即那个阅读的人。毕竟，我们对所有事物的理解与认知，皆来源于自我心灵对事物的投射。之所以铺陈以上这段文字，在于《虚数》这首诗实在晦涩。“不大也不小”到底是多大或多小？接着诗人说“大小是 // 比较的分类”。可以想见，“宇宙毁灭时剩下的那座山”似乎成了唯一的山，或类似无可比拟的物像。

事实上，我更倾向于认为宇宙毁灭根本就是个人生命的消亡，而“那座山”实乃人的躯体。这就不难理解，那座山之大小已无物可参照。哦，真是似是而非！

诗大体上多义且难解，“虚”字当头的诗，往往又更为玄妙。《虚数》就是这样，犹如星云在苍穹闪耀，深沉又活泼，把人心激荡，我却说不出个所以然。在瑟哈德里笔下，宇宙毁灭了，除却前文理解的单个人的消亡，我们依然大可想象所有人生命作为一个整体，在宇宙苍穹不可胜数的岁月里，作为意识的载体，作为某种神圣的形象（那座崩塌后遗留下来的山甚至可以理解为一种原始宗教或信仰），得以存留下来——真是万幸！

诗人继而表示："意识观察着，并平息了。"人只要活着，就会审视自我生活、关注外部世界。但最终生命会消亡，意识将平息。回顾一生的历程，宛如"灵魂爬过碎石堆。/ 灵魂，// 像负一的平方根"。灵魂跋涉于废墟，一切莫不归零。这些足够引起注意。然而更为吸引我的是：灵魂"是一种有其用途的不可能"。

每个人的生活都带着一贯的灵魂和过去的影子。倘若灵魂幽浮于过去与现在，那么这个时间概念，就不仅仅是今时与昨日，自然包括前世、今生、来世。因此灵魂具有生命内在延续的一种可能性。虽然无法证实这一点，然而我绝不会说没有这种可能。生命在下，终究归零；而灵魂在上，命运不止！

卡罗尔·安·达菲（Carol Ann Duffy，1955—　），苏格兰女诗人、剧作家，曼彻斯特都会大学写作学院教授。达菲的诗作语言平实而坦诚，直抒胸臆，主旨往往涉及社会对个体的压迫和对同性之爱的戕害，以及社会暴力等。自1974年进入诗坛以来，迄今出版著作已逾30部。著有诗集《站立的裸女》《出售曼哈顿》《吝啬的时间》《世界之妻》《狂喜》《蜜蜂》《真诚》等。2006年获得艾略特奖。2009年获得“桂冠诗人”称号，成为英国设立此项殊荣341年以来的首位获奖女性诗人。

狂喜

［英］达菲
李晖 译

一整天被你想，并想着你。
鸟儿在它们的树居里鸣唱。
雨的祈祷之上，无着落的蓝，
不是天堂，永久地去往无处。
是怎么发生的，当我们受困于时间，
排队等候死亡，我们的生命远远
漂离我们本身？似乎没有什么可替换
我们日子的模式，更改我们以“丧失”
所造的韵脚，以便与“狂喜”押韵。
然后爱情来了，像突然飞起的鸟群，
从大地到雨后的天空。你的吻，
被唤醒，像开了线的珍珠，词语的珠串。
巨大的天空将我们从此地与彼地相连。
思想的天空里的热望和激情。

达菲的诗，我是最近才看的，因此数量并不多。但在这些诗中，依然可以感受到她写作的深度和广度，她较为关注女性生存境遇。根据相关资料，可知达菲著作等身，从 1974 年进入诗坛以来，不仅出版了多部诗集，还广泛涉猎剧本和儿童文学作品，以及文选，已累计出版著作 30 余部。《狂喜》出自同名诗集《狂喜》，这本诗集使她荣获了英文诗歌界的最高奖项——艾略特奖。

此外，达菲在 20 世纪 90 年代中期就公开了自己双性恋的身份。因而在某种意义上，她可以被称为女性先驱。尽管女性主义并非需要在性取向上标新立异，但由此可知，她诗歌中女性意识为何如此强烈。《狂喜》的英文名为*Rapture*，还可以翻译为“欢天喜地”。其实看到这个诗名，结合她的写作特征，我首先想到的是反语。虽然通篇看完，发现鲜有悲伤的字句。然而不可否认，在呈现生命的尊严和爱情的不可或缺中，依然弥散着一种接近于雨后天空淡蓝的近乎苍白的底色。恰如诗中言：“无着落的蓝，/ 不是天堂，永久地去往无处。”

全诗九句，我把它分为三个内在小节。一至三句为第一节，头两句可以被看作“狂喜”之“喜”，第三句上升为高远的天空，却意趣下沉。综合起来理解就是有喜有悲的生命态势。四、五句接续前文的意旨，一问一答组成第二节。生命消亡，肉体与时间不可共存，这是如何发生的，又为何发生？没有人可以解释清楚。假若生活是一首诗，那么在达菲的眼中，“丧失”是韵脚，即每句诗的末尾或每节最终呈现的失去或失落的状态，我们如何能走出这种困境，唯有换用“狂喜”押韵。

顺势到了第三个小节：爱情来了。时间不可复有，生命不可复有，生活不可复有。那么，当人们所面对的一切都在直线流逝，仿佛锐利的刀锋在解剖人生，穿过狭窄的缝隙，甚至可以听到骨肉分离的“嘶——嘶——”声。此时，只可在空间上增加张力扩大生命的容积，以减少损失；爱情不失为一计。

最后几句可谓精彩绝伦。用“突然飞起的鸟群”来形容爱情来临那一刻意外又意料之中的惊奇与惊喜，真是喜不自禁！用“你的吻”来比喻开了线的词语的珠串，使人仿佛听到“大珠小珠落玉盘”的声响，叮叮咚咚欢喜，止歇不住。爱情将我们的生命联通；联通彼此的空间，此地与彼地；联通彼此的时间，过去与未来。这不是“狂喜”是什么？

但这种“狂喜”终究是平常之外并不长久的事物，生活大抵是平凡琐碎易逝的。此时脑海中倏忽忆起苏轼于《赤壁赋》中的感喟：“寄蜉蝣于天地，渺沧海之一粟。”许多人看到这个句子不免怅惘，我却觉得蜉蝣寿命虽短，也是灿烂一生；粟米虽微渺，也能小中见大。引申至此诗，“丧失”也好，“狂喜”也罢，都是一生，平安喜乐全在人生态度。

马克·卓狄尼（Mark Tredinnick，1962—　），澳大利亚著名诗人、散文家。15岁开始写诗，直到40岁才发表第一首诗，可谓大器晚成。著有诗集《蓝鹪鹩长歌行》《烈火日记》《琴鸟集》《南行路》，回忆录《蓝色高原》，等等，此外还有《写作红皮书》《语法绿皮书》以及其他著作。获得过多项诗歌大奖，包括蒙特利尔国际诗歌大奖、卡迪夫国际诗歌大奖、澳大利亚布莱克诗歌奖、纽卡斯尔长诗奖等。

着火：或静坐的艺术

[澳] 卓狄尼

李牧原　译

翠鸟着火，蜻蜓引焰

——杰拉尔德·曼利·霍普金斯

午后，从桌上抬起头

蓝翠鸟飞落在白杨树中。

蓝色的十分钟，她身披袈裟，

静坐，杀机满腹，

我注视着她在自己的哑剧中抢镜头，

不动如山，完美地，栖身银叶之间。

仿佛被我的目光牢牢定住，直到

我转移视线的一瞬间，她飞走了：基督世界最

平静的鸟

达到天体逃逸速度
比我找支笔还快。

我想学她坐得那么静而消失得那么好，
我的身体变成饥饿的念头，
我的心灵与天地合一。

此诗由澳大利亚著名诗人卓狄尼所作。矛盾之美，由题目开始就可见一斑——“着火：或静坐的艺术”。紧随其下出自杰拉尔德·曼利·霍普金斯的“翠鸟着火，蜻蜓引焰”是一种广泛存在于自然界中的“蝴蝶效应”，抑或说是一种由动引发转而为静的，动静皆宜、以美为旨归的大自然的行为艺术。

一、二小节完美阐释了何谓矛盾之美：“蓝翠鸟飞落在白杨树中”，一派祥和气氛，在“我”紧紧注视她的“蓝色的十分钟，她身披袈裟，/ 静坐”却“杀机满腹”，真是让人始料未及。诗人接续展示了一组动静之态：“我注视着她”，而她“不动如山，完美地，栖身银叶之间”。第四小节依旧如是，“我的目光牢牢定住”，而她却以天体逃逸般的速度“飞走了”。

其后，卓狄尼表示：“我想学她坐得那么静而消失得那么好，/ 我的身体变成饥饿的念头，/ 我的心灵与天地合一。”至此处，倏忽想起诗起首句“午后，从桌上抬起头”。无论诗人这日上午、抑或人生的前半段时间做过什么，此刻，他抬起头，细致体察生活，感知大自然完美地循环四季，因此才会有幸见到“基督世界最 / 平静的鸟 // 达到天体逃逸速度”这般惊心动魄的美。

全诗中除了动静画面频繁转换，在颜色运用上，诗人也精心构筑，譬如蓝翠鸟、白杨树、袈裟、银叶等；再就是诗中无处不在的矛盾之美与漫溢其间的“天人合一”。大自然神奇造化的行为艺术——矛盾之美，蓝翠鸟演绎得静好又惊悚；而“天人合一”，是万物众生希冀领悟与实践的生命至理。“天人合一”哲学思想是中国传统文化至为重要的一环。老聃说：“人法地，地法天，天法道，道法自然。”庄周顺行“道法自然”，觅出“天人合一”，展“大鹏”，游“秋水”，翱翔于天地。

老庄思想自古为国人所信奉，我即是其中小小一员。在硕士研究生求学期间，课堂中曾与老师多番交流何谓“天人合一”，何谓“天”，何谓“道”，何谓“自然”，又如何“法自然”等诸多类似问题。根据比较主流的理解，“天人合一”之“天”代表道、真理、法则，“人”即为你我；“人”与“天”“本性相合，回归大道，归根复命”。用通俗的话讲就是：天为大，人为小，但人与天（也可说自然）本质相通，因此若世间一切人事皆能顺应自然规律，就会达到人与天地自然和谐归一的状态。

庄子认为“道”乃宇宙万物的本源，也是客观真实的存在。在我看来，“道”除了是一种自在自然的运行轨迹，一种合乎天地的规律，更是一种不可捉摸、难以精确描绘的苍穹神迹；它的精深幽微唯有意会可得几分“道”理。

以上这些关于“天人合一”“道法自然”以及相关思想观念的文字，是我许多年来阅读各位大家解说老庄之学的一点感想。总而言之，“老庄”之学旷大无边、浩如烟海，我乃小舟一叶，晕晕乎，自是不知所以然。

杜尔斯·格林拜恩（Durs Grünbein，1962—　），德国当代杰出诗人、散文家。其诗风格以意象简明、隐喻奇巧和语言纷繁著称，又借助高超的诗艺与科学知识的完美结合，对后现代社会中人的状态做出极为智慧的阐释，与此同时也见证了现当代德国历史。著有诗集《褶皱与陷阱》《瓷器：我的故乡的衰亡之诗》《基拉诺或从月亮返归地球》等16部，散文集《伽利略测量但丁的地狱》等8部。被誉为“当代歌德”，是德意志语言文学院院士，曾获毕希纳文学奖。

褶皱与陷阱

［德］格林拜恩
贺骥　译

人拥有比动物更高级的神经，更敏感更无意识
我们最终习惯于肢解每天。细细咀嚼
时间的比萨饼，神情冷漠
听咿咿呀呀的激光唱片或吹干豚鼠，
写信，在显示屏上查杀计算机病毒。
在书桌上的纸堆、合同与复印件之间，
纸鹤营造鸟巢，一个窸窣作响的陷阱。
傍晚已计算好，每天都能以破碎的镇静完成
一份不同的图表，后来被无梦的短睡清除了。
如果我们怀着电影人物般的极大耐心细看，
就会看见颜色分布在欧洲的地图桌上，例如
高压区和低压区。颜色酷似哺乳动物词典中
猎豹的毛皮和印有凶犯指纹的用铅笔
记录的登记卡片。遗忘的痕迹
清晰地留在所有人的脑里、褶皱上和脸上，
众人低语，直到咬断嘴上薄薄的苹果皮。

《褶皱与陷阱》这首诗出自格林拜恩 1994 年出版的同名诗集。关于格林拜恩的个人简介及创作特征，据《褶皱与陷阱：格林拜恩诗选》前言和后记，可知这部诗集是诗人“最成功和最具争议性的作品”，既保持了“动听的修辞和伟大的诗之间的平衡”，又不忘对“学究气、僵化的形式主义和无新意的‘传统手法’”进行不留余地的贬斥。

而我之所以把这些截然不同的评价摘录在此，是因为我素来以为：任何事物（包括诗），都有可认识的多面性——意识因价值体系不同而观念各异。对诗歌的理解，无须局限在个人固有框架内，偶尔需要舒展和放任。正确与否绝非读诗的关键。关键在于，通过读诗（或其他门类好的文艺作品），人的思维可以悠游于天地，与风云际会，澎湃千里。

《褶皱与陷阱》并非一首易于理解的诗。据贺骥的译者注：“鹤在德国文化中是诗人的象征；鹤巢喻指诗人的文本。……诗人所写的文本既是他躲避现实的避风港，又是自我羁绊的网罗。”至于什么是褶皱，何又为陷阱，这是我甫一接触此诗就想探究的事。褶皱在我自己的诗中往往代表一波三折、褐色的人生。譬如“颜色的演变摇动了岁月的波纹，/ 褶皱了心扉。我们对此熟视无睹。/ 我们对熟视无睹，有天生的禀赋”（《我们终于感到……》）。

显然，两者无可比较！格林拜恩的“褶皱”是从生物学的角度阐述人脑的构造（回旋、沟壑），以此来证明这一构造与其他动物相比，并无本质区别。进而认为人脑虽然是个极度精密的仪器，在无法摆脱“动物事实”这一特性的前提下，会使人因为听命于原本就有缺陷的指令（思维、意识）——“褶皱”，而不时陷入绝境——“陷阱”。

除却对诗名的解析，这首诗的主旨也值得一提。大致可以理解为：人生短暂，而生命孤寂，又缺少意义。诗人作为“拥有比动物更高级的神经，更敏感更无意识”的个体之一，必然和所有人一样“最终习惯于肢解每天”，在日月厮磨中，人事消耗殆尽。

对于首句“人拥有比动物更高级的神经……”，假若只观其表不究其内，极易陷入误区，认定格林拜恩在抬高人的价值、贬低其他生物。实则恰恰相反。

涉及人与物的社会关系和价值认同的问题使我不禁想要重提，长久以来，我对“人是万物的尺度”和“人是万物的灵长”这样自命不凡的夸耀表示怀疑，并不断提醒自己在大自然面前要保持一颗感恩和谦逊的心。与此同时也告诫自己，谁人都无法穷尽真理，那只会使事态走向另一极；人既可以无限接近梭罗“你不比一朵野花更孤独”的自然主义情怀，也无须完全否定他人认同康德“人是目的”的人类中心主义理论。因而在事物间保持平衡，在两极间折中显得尤为重要。

哦，离题！但诗本就是人生之意外。得与不得不可诛心。人必将消逝于无形，最终告别世间一切欲念和欢愉。如同格林拜恩所言：“遗忘的痕迹／清晰地留在所有人的脑里、褶皱上和脸上，／众人低语，直到咬断嘴上薄薄的苹果皮。”

杨·瓦格纳（Jan Wagner，1971— ），德国当代优秀诗人、散文家、翻译家。1971 年生于汉堡，1995 年至今居住于柏林。曾先后于汉堡大学、柏林洪堡大学和爱尔兰圣三一大学研究英国和爱尔兰当代诗歌。擅长用冷凝、智性的笔调表达物与自然的关系，使“自然感知、个体记忆和音素质地”三者完美地融于一体，直抵事物核心。著有诗集《天空钻井试验》《格里克的麻雀》《十八个馅饼》《澳大利亚》《客厅里的猫头鹰痛恨者，三隐士》《雨桶变奏》《蜂拥自画像：2001—2015 年诗选》等，译诗集和散文随笔集等近 10 本。2011 年获得荷尔德林奖，2015 年获得莱比锡书展文学奖（这是该奖首次颁给诗人），2017 年获得毕希纳文学奖。

钉子

[德] 瓦格纳
明迪　译

占墙面积不大，但它是中心，
半径扩大，
穿过整个花园，野外，甜菜丛，
再远处，鸡舍，萝卜地——

越来越入俗，包罗万象：
我们挂帽子，挂羊毛衫，
挂相框，大衣，雨伞，
直到我们几乎把它忘记，它冷峻的注目

仍在那里，我们早已离开之后，
房子，街道，和小镇都消失了，
它的注目仍在——如此坚韧不拔，

遥远，如此闪光，如此超越东方西方

以至于人们可以在黑暗中
由它导航，给老航海家带去慰藉。

瓦格纳是德国当代优秀青年诗人，获得过被称为德语文学最高奖的毕希纳文学奖。我先前并未关注过其人其诗，近来阅读了几首，每首皆可圈可点；且发现诗人着眼世界与关切生活的方式不同寻常。此番所选的《钉子》，诗友可一窥究竟。

也许是我信奉万物有灵的缘故，平日我看山川风物，不会高于天空，不会低于尘土。换句话说，日常事物作为一个个体之于自然界的意义与我并无区别。或许是为了使自己不倨傲于天地，因此我极少使用“伟大”来形容人类，尤其不会在动物世界分出高低，也不会自诩比一只蚂蚁具有更大的智慧。一颗钉子在我心中有钉子的价值。恰如诗人言，钉子“如此坚韧不拔，// 遥远，如此闪光”，甚至“如此超越东方西方”。全诗不乏好句，而此句尤得我心。

开篇即是妙语，钉子“占墙面积不大，但它是中心”。假若以自己为出发点，那么万事万物不过是围绕在这个绝对中心的边缘；此时，世界向四方拓展，偌大无垠。不论是人与物、物与物直接交联（空间的距离），抑或时间由近至远（时间的距离），物体之间既有密切交集的部分，也有不太交会的部分。钉子作为一种使用工具，应用于人类生活由来已久，与人类生活息息相关。诗中有大量的铺陈，譬如“半径扩大，/ 穿过整个花园，野外，甜菜丛，/ 再远处，鸡舍，萝卜地——”

在科技创新、经济发达、物品琳琅满目、社会光怪陆离的今日，钉子是个小小的几乎被遗忘的历史之物，逐渐失却了它“入俗”于生活又“包罗万象”的功用。的确，我们不再需要一颗钉子来“挂帽子，挂羊毛衫，/挂相框，大衣，雨伞”；我们似乎已然把这一物体置于记忆的角落，任其落上尘埃，就像我们从不刻意又毫无痕迹地忘记那些童年玩伴，那些过家家的物什，那些住过的老宅子、旧街道和荒疏的小镇。往日不复，我们再也回不到过去。

但是一颗钉子能！它始终独独地立在原地，仿佛立在千秋的一尊佛像，启发人们拨开迷雾，从历史的烟尘中望见曙光。恰如诗人所言，透过一颗钉子冷峻地注目，“以至于人们可以在黑暗中/由它导航，给老航海家带去慰藉”。钉子虽小，其意偌大。此诗中，瓦格纳以点见面，由近溯远，从钉子这个细小之物追踪到了人类现代科技发达之前哥伦布航行于旧大陆以及更遥远的时空，不断提示人们思索自己行进的历史、初衷、前程以及目下之所在。

世间从未有过日不落。人会老，物会旧。除却前文谈及的种种，这首诗的意义或许更多地体现在借由追寻事物的本质而引发的对生命意义的探究与溯源。这使我不由得想到了人之于他人、之于社会、之于自然及冥冥之物的多重意义。一颗不引人注目的钉子在历史的星河中尚且如此笃定、如此闪耀，何况在进化论中已占得先机，却依然不断进取、执意探索生命历程的人呢？

参考译本

1. ［奥］里尔克：《豹》，冯至译，《秋日：冯至译诗选》，外语教学与研究出版社，2019 年。

2. ［奥］里尔克：《秋日》，冯至译，《给青年诗人的信》，云南人民出版社，2016 年。

3. ［瑞士］瓦尔泽：《在办公室》，江鑫鑫译，《月亮是夜晚的伤口》，译林出版社，2016 年。

4. ［葡萄牙］佩索阿：《你不喜欢的每一天不是你的》，韦白译，《我们读诗·少年派》，浙江大学出版社，2018 年。

5. ［葡萄牙］佩索阿：《我是羊群的牧人……》，欧凡译，《佩索阿诗选》，山东文艺出版社，2016 年。

6. ［法］勒韦尔迪：《被伤害的空气》，树才译，《被伤害的空气》，上海人民出版社，2013 年。

7. ［俄］曼德尔施塔姆：《贝壳》，刘文飞译，《我歌唱的理由》，中信出版社，2018 年。

8. ［俄］曼德尔施塔姆：《沉默》，刘文飞译，《我歌唱的理由》，中信出版社，2018 年。

9. ［芬兰］索德格朗 :《林中湖》，李笠译，《我必须徒步穿越太阳系》，湖南文艺出版社，2015 年。

10. ［芬兰］索德格朗 :《我必须徒步穿越太阳系》，李笠译，《我必须徒步穿越太阳系》，湖南文艺出版社，2015 年。

11. ［美］麦克利什 :《诗艺》，昨非译，最初在微信公众号“外国诗歌精选”读到，此书所引为译者昨非本人修订版本。

12. ［罗马尼亚］布拉加 :《结局》，高兴译，《罗马尼亚当代抒情诗选》，花城出版社，2018 年。

13. ［罗马尼亚］布拉加 :《四行诗》，高兴译，《罗马尼亚当代抒情诗选》，花城出版社，2018 年。

14. ［阿根廷］博尔赫斯 :《老虎的金黄》，林之木译，《老虎的金黄》，上海译文出版社，2017 年。

15. ［阿根廷］博尔赫斯 :《雨》，陈东飚译，《我们读诗・少年派》，浙江大学出版社，2018 年。

16. ［西］塞尔努达 :《我来为看》，汪天艾译，《现实与欲望》，四川文艺出版社，2015 年。

17. ［智利］聂鲁达 :《二十首情诗和一首绝望的歌》，陈黎、张芬龄译，《二十首情诗和一首绝望的歌》，南海出版公司，2014 年。

18. ［美］毕肖普 :《地图》，包慧怡译，《唯有孤独恒常如新》，湖南文艺出版社，2015 年。

19. ［美］毕肖普 :《失眠》，包慧怡译，《唯有孤独恒常如新》，湖南文艺出版社，2015 年。

20.［美］毕肖普：《一种艺术》，包慧怡译，《唯有孤独恒常如新》，湖南文艺出版社，2015 年。

21.［美］毕肖普：《巨型蜗牛》，包慧怡译，《唯有孤独恒常如新》，湖南文艺出版社，2015 年。

22.［美］毕肖普：《想象的冰山》，包慧怡译，《唯有孤独恒常如新》，湖南文艺出版社，2015 年。

23.［波兰］米沃什：《窗》，陈敬容译，《我们读诗 · 少年派》，浙江大学出版社，2018 年。

24.［波兰］米沃什：《礼物》，西川译，《米沃什词典：一部 20 世纪的回忆录》，广西师范大学出版社，2014 年。

25.［墨］帕斯：《每日之火》，赵振江译，《太阳石》，北京燕山出版社，2014 年。

26.［澳］赖特：《琴鸟》，李文俊译，《外国诗选 65 家》，重庆大学出版社，2014 年。

27.［澳］赖特：《无名花》，李文俊译，《外国诗选 65 家》，重庆大学出版社，2014 年。

28.［波兰］辛波斯卡：《种种可能》，陈黎、张芬龄译，《万物静默如谜》，湖南文艺出版社，2016 年。

29.［波兰］辛波斯卡：《隐居》，陈黎、张芬龄译，《万物静默如谜》，湖南文艺出版社，2016 年。

30.［波兰］辛波斯卡：《未进行的喜马拉雅之旅》，陈黎、张芬龄译，《万物静默如谜》，湖南文艺出版社，2016 年。

31.［波兰］辛波斯卡：《在众生中》，陈黎、张芬龄译，《万物静默如谜》，湖南文艺出版社，2016 年。

32. ［美］莱维托芙：《渴望月亮》，倪志娟译，《朔方》，2014 年第 1 期。

33. ［以色列］阿米亥：《阿门石》，黄福海译，《开·闭·开》，上海译文出版社，2016 年。

34. ［圣卢西亚］沃尔科特：《白鹭》，程一身译，《白鹭》，广西人民出版社，2015 年。

35. ［圣卢西亚］沃尔科特：《西西里组曲》，程一身译，《白鹭》，广西人民出版社，2015 年。

36. ［阿根廷］赫尔曼：《动物》，范晔译，《我们读诗·少年派》，浙江大学出版社，2018 年。

37. ［叙利亚］阿多尼斯：《致西西弗》，薛庆国译，《我的孤独是一座花园：阿多尼斯诗选》，译林出版社，2009 年。

38. ［叙利亚］阿多尼斯：《短章集锦》，薛庆国译，《我的孤独是一座花园：阿多尼斯诗选》，译林出版社，2009 年。

39. ［美］施耐德：《水面波纹》，西川译，《水面波纹》，译林出版社，2017 年。

40. ［美］斯奈德：《写给卡萝尔》，柳向阳译，《山巅之险》，人民文学出版社，2019 年。

41. ［瑞典］特朗斯特罗姆：《自 1979 年 3 月》，李笠译，《特朗斯特罗姆诗歌全集》，四川文艺出版社，2012 年。

42. ［瑞典］特朗斯特罗姆：《晨鸟》，李笠译，《特朗斯特罗姆诗歌全集》，四川文艺出版社，2012 年。

43. ［瑞典］特朗斯特罗姆：《记忆看见我》，李笠译，《特朗斯特罗姆诗歌全集》，四川文艺出版社，2012 年。

44. ［瑞典］特朗斯特罗姆：《黑色明信片》，李笠译，《特朗斯特罗姆诗歌全集》，四川文艺出版社，2012 年。

45. ［瑞典］特朗斯特罗姆：《对一封信的回答》，李笠译，《特朗斯特罗姆诗歌全集》，四川文艺出版社，2012 年。

46. ［美］奥利弗：《野鹅》，倪志娟译，最初在微信公众号“外国诗歌精选”读到，此处所引为译者倪志娟本人修订版本。

47. ［美］布罗茨基：《静物》，金重译，《世界文学》，2013 年第 6 期。

48. ［伊朗］阿巴斯：《一只狼在放哨》，黄灿然译，《一只狼在放哨：阿巴斯诗集》，中信出版社，2017 年。

49. ［美］格丽克：《幸福》，柳向阳译，《直到世界反映了灵魂最深层的需要》，上海人民出版社，2016 年。

50. ［美］格丽克：《诗》，柳向阳译，《直到世界反映了灵魂最深层的需要》，上海人民出版社，2016 年。

51. ［美］格丽克：《夜徙》，柳向阳译，《直到世界反映了灵魂最深层的需要》，上海人民出版社，2016 年。

52. ［波兰］扎加耶夫斯基：《试着赞美这遭损毁的世界》，李以亮译，《诗歌与人》，2014 年 3 月刊（总第 33 期）。

53. ［波兰］扎加耶夫斯基：《阿姆斯特丹的机场》，李以亮译，《诗歌与人》，2014 年 3 月刊（总第 33 期）。

54. ［波兰］扎加耶夫斯基：《我工作的房间》，李以亮译，《诗歌与人》，2014 年 3 月刊（总第 33 期）。

55. ［波兰］扎加耶夫斯基：《自画像》，李以亮译，《诗歌与人》，2014 年 3 月刊（总第 33 期）。

56. ［波兰］扎加耶夫斯基 :《漫游者》，李以亮译，《诗歌与人》，2014 年 3 月刊（总第 33 期）。

57. ［美］瑟哈德里 :《虚数》，远洋译，《红岩》，2018 年第 5 期。

58. ［英］达菲 :《狂喜》，李晖译，《狂喜 & 蜜蜂》，广西师范大学出版社，2018 年。

59. ［澳］卓狄尼 :《着火 ：或静坐的艺术》，李牧原译，《我歌唱的理由》，中信出版社，2018 年。

60. ［德］格林拜恩 :《褶皱与陷阱》，贺骥译，《褶皱与陷阱 ：格林拜恩诗选》，湖南文艺出版社，2017 年。

61. ［德］瓦格纳 :《钉子》，明迪译，《我歌唱的理由》，中信出版社，2018 年。

信从风中来

——关于本书的一份说明

一、非“诗评”

写诗评，假若参照传统（经典）模式，必须要用精确明了的语言和较为程式化的方式阐释诗，从形式到内容，从情感到逻辑，以至造词用意等范畴。我写诗评，极少参照这种模式。在此并非表示传统评析诗歌的方法不可取，恰恰相反，如果擅长这种方式又愿意尝试，那是最好不过。

我所有诗歌的解读都颇具“在场性”（Anwesenheit）。据资料，“在场性”起初是一个哲学概念，后来经过曲折路径，再通过许多哲学大家的阐释而变异，但大体上意义还是相通的。在现代文艺理论中，仍经常被使用。我取其通俗意味，即我本人对“在场”的浅陋认识，就是以个人情感和思维直接面对事物本身并进行解读与反映。加上我的用词习惯偏向意识流，思维较为发散，再则自由思想一贯为我所有。鉴于此，与其说我在评论诗，毋宁说是借助诗来揭示自我当下生活。因此我的所谓诗评，对于那些无法产生共鸣的人而言，难免瓮中听声，听不真切了。

诚然，我想过遵从惯例。但考虑再三，仍旧不认为有必要按一个套路研究诗、阅读诗。理解世界的方式中，一切所谓正确范式从未具备永恒性，皆在与时俱进。此处之“进”，仅仅指涉因时因地而产生的变化，不表示优秀或先进。纵使所谓优秀或先进，大多也是由今人根据其个人的价值观念而产生的认知。历史纵贯，洪流滚滚，任何物质终将被裹挟而下，终归不比其同性或异类更多一分意义。

对于普通人而言，不必过于追究内中乾坤。以免人生方向没有好好把握，反倒丢了主意（或主义），从此浑浑噩噩度日。概言之，读诗发挥形象思维，再稍微整合逻辑，也许并未真的懂了诗，但至少人的智识将会有所超越，不会囿于一般见识。可话又说回来，想做聪明人，倒也不必非得读诗，观摩生活即可。若想活在性情之中，自娱自乐，诗是极好的伴侣——能让你被烈日灼伤后仍可良夜温存，翌日晨光依旧熹微，活着喜不自胜。来吧，让我们一起简单自在读诗。

二、诗是“巨大的谜”

素来以为：诗是“巨大的谜”，乃多种隐喻的集合。诗从无正解，是个人经验的自我投射。人与诗重在心灵际会，不必贪恋过多，更不必想着全然洞悉其奥义。诗的美好有一大部分来自未知与不可解（虽然我并不知晓也不想知晓它还有什么其他迷人之处）。然而这并非意味着看不懂的就是好诗，恰恰相反，好的诗只是无法完全解读，但能意会又妙在不可言传；甚至你会认为那是心神荡漾后春风又送来怡情，是自己最隐秘恰切的思量。你无法告诉他人你的情志，正好此时有人代你言说，你就顺应着情绪，爱上了这些诗句。我感到诗歌之美，恰如美人：时而惶惑，时而笃定；似清风一缕，若夜色撩人；美而不自知。人生忙碌，碌碌又何为？喜欢一首诗，就喜欢呗！

以上这段话出自本书中的诗评，乃我对诗的基本认知，故而不免赘余地又放在此处。

窃以为，人的信仰有很大一部分来自看不见的事物，即那些冥冥幽幽，难以用文字确证之事。事物需要喘息，文字和意识亦是如此。尽管我希冀自己的笔，能够给那些出于某些原因而停滞在诗门之外或已然逡巡于诗中多时的人，哪怕一点点的启示或益处，我就心满意足，且与有荣焉。但考虑到，我诗评中的许多部分，是“我”的经验的呈现，而非“大众”的观念的展示，就又有所顾虑，唯恐不能使人受益，还错会诗意、败人兴致。然而万事不可强求，做一点，是一点。这般想来，我也就略略心安了。

三、何以成书

人生总是有许多不可预计之事。我写诗评，完全出于偶然。

某日友人张海龙需要编辑一本少儿诗集，想让我写几篇诗评。那是我第一次写诗评。现在想来实在不可思议，他邀请的其他人可谓技艺高超，随手铺就一篇好文；我是初出茅庐不怕虎，信笔涂鸦了数篇文章。当时之所以敢写，无非是想着把自己喜爱的诗分享给爱诗的人，并未细究其他。

因此当友人张海龙提及于其公众号开展每周“诗人荐诗”专栏时，毫不犹豫地就答应了，也正是在这一刻，心中萌生了一个小小的愿景——更多人能体会到诗之美。特别要提及的是，我的好友、朗读者初苗，对诗这“无用之事”的热情，使得我们可以更为长久地把推荐诗歌这件美好的事共同进行下去。尽管我对诗歌的解析不具有代表性，但这愿望诚然是发自真心。我从未想过这些以诗歌评论为名实则类似读诗笔记的文字能够一路流散、四方蔓延，蜿蜒而至远方，更不会想到有朝一日居然可以整理成书。因此，我情不自禁地小小窃喜自己这几年付出的辛劳（我无法假装说写得很轻松）结出了意料之外又较为甜美的果实。但与此同时，我也感到心有余而力不足，唯恐自己担不起诗歌“评论”二字的重要使命。

其实从未有人给过我任何压力，是我不断地给自己施压，其原因莫过于越写越发现，无论是从个人见识、专业知识的储备，还是对语言的感悟力和对他国文化的理解力等诸多方面来看，实在有待提高。为此，我或多或少感到遗憾。可人生从呱呱坠地到“躺成一条地平线”始终就是一个不断学习的过程——学习走路、学习说话、学习交友，学习如何获得、学习接受失去，学习适应永别，等等。既然已经写了这许多，那么也就只能硬着头皮往前走——把已然写好的评论文章逐一修改，再行出版。到最后，虽然仍旧不免有问题存在，但终归还能阅读下去。想到或许能给那些徘徊在读诗与不读诗，抑或懂诗与不懂诗之间的人一点启示，我就充满了信心，把心中的不安像绝情草般一棵棵拔除，然后再种下希望的种子。

如前文所言，我当时写诗评，算是一时兴起。但如何选诗，是经过一番思虑的。首先这与我大学所读专业有关（英文专业），我较早接触外国文学，后来读诗，绝大部分的诗也都是外国诗。其次虽然国内现代诗不乏佳作，近年来也屡屡出现优秀诗歌，但他国或已过世的诗人于我而言，其作品评论起来更无羁绊。人生已受限太多！文字是我心中的潜流，不想过多受外界干扰，尤其被人情所困。因此，诗友在此书中阅读到的诗，全部为外国诗人的诗作。当然，这绝非表明外国诗比中国诗好，也绝非表明我不看中国诗，仅仅是在写相关文章时出于某些考虑而做的取舍。

四、一点说明

我在给出版社稿件时，就已说明，要最大程度地保持所选版本的原文，这是对译者及其翻译工作最起码的尊重。因此，整本诗评集所引诗篇，除了错别字和不符合现行规范的字词（譬如“呆”为“待”，“粗砺”为“粗粝”，等等），几无改动。尽管如此，文中难免会有忽略之处及其他谬误，敬请各位方家指正。

五、心中的激流

我很幸运，策划人刘春、编辑吴福顺和覃伟清给予我极大的理解和支持，尤其是两位编辑，对我诗评集所做的诸多勘误和修订，使我受益匪浅。此刻，除却发自内心的感激，我一时无语，唯眼前柔光四散流逸。我想说的太多，而我已说了许多，理当适可而止。但有一点，最是要说明（这也是此篇小文中我最在意的一个部分），这本小书之所以能够写成，是基于各位译者的佳作。为此我心怀感激又惴惴不安。我了解为文者的艰辛，但又实在太爱这些诗歌，自己却能力有限无法译出这般佳作，因而贸然使用了各位大家的译文。祈愿各位翻译大家不计小辈之过，我在此拜谢各位。还有此刻正捧着这本小书的读者，是你们使我成为一个真正意义上的诗评写作者。来日方长，愿我心中的感激之情随着岁月的流淌，漫延到你的心上。

娥娥李

2020 年 12 月 14 日写于朗湖